にゃるら

蜘蛛

72　48　24　12　6

198 174 162 142 126 88

装幀・装画　濱祐斗

御釈迦様は地獄の容子を御覧になりながら、この犍陀多には蜘蛛を助けた事があるのを御思い出しになりました。そうしてそれだけの善い事をした報《むくい》には、出来るなら、この男を地獄から救い出してやろうと御考えになりました。幸い、側を見ますと、翡翠《ひすい》のような色をした蓮《はす》の葉の上に、極楽の蜘蛛が一匹、美しい銀色の糸をかけて居ります。御釈迦様はその蜘蛛の糸をそっと御手に御取りになって、玉のような白蓮《しらはす》の間から、遥か下にある地獄の底へ、まっすぐにそれを御下《おろ》しなさいました。

——芥川龍《あくたがわりゅう》之介《のすけ》『蜘蛛の糸』

誰もわたしを見てくれないなら、なんのために生まれてきた？

決められたレールから外れたくて、そうすることでフツーとは違うどこかへ飛び込める気がして、学力的に問題ないのに大学へ進学せず、実家を捨てて一人暮らしを始めた。「実家を捨てて」なんて格好つけてしまったけれど、お節介《せっかい》な母親から仕送りや食糧も全然届くし、なんなら引越し費用はぜんぶ負担してもらった。

将来なんて考えずに単身で上京する十八歳アルバイター。いい大学を出て良さげな企業に就職をするために生きる社会の歯車にならないロックンロールを喰《く》らえ！　みんながわたしのパンク精神を評価し、大衆からの称賛を踏み台に高いステージへ飛んでいけると夢みてた。

7

そんなわけがない。砂糖菓子のように甘いわたしのナイーブな認識は、内心で見下していた同級生たちの幸せそうなキャンパスライフの様子を前にボロボロ音を立て砕《くだ》け散《ち》る。

かつて学舎をともにした学友たちは、大学や専門学校へ進んだ。まともでありがちな人生を歩み、〝学生ノリ〟とかいうくっだらない内輪で盛り上がるためにしょうもない日々を過ごす。クソバカ大学生たちがそうこうしている間にロックンローラーとして刺激的な毎日を謳歌《おうか》するわたしを前に、アイツらは嫉妬《しっと》の炎を燃やし、敗北宣言のような「いいね」に徹すると信じていた。

繰り返しになるが、そんなわけがない。ただのボロアパート暮らしのフリーター（18）の生活は安いモラトリアムもどきでしかなく、同年代へのコンプレックスを拗《こじ》らせ僅《わず》かに存在した高校時代のリア友たちをミュートやリムーブしているうちに距離を置かれ、貴重な十代の時間を消費して得た数万円のバイト代だけが残った。

大学生たちが、単位がどうこう、お酒がどう、恋愛がどうと、楽しそうにはしゃぐ姿が目に入るたび、人を刺し殺したい欲求がマグマのように内側で沸騰し、吐瀉物《としゃぶつ》として喉《のど》から噴出される寸前で愚かさに気づいて必死に抑え込む。ここに包丁が置いてあって、目の前にチャラついた大学生が突っ立って居たら、わたしは。

そんな可哀想《かわいそう》な自分にサヨナラ。

初めてアルバイトでまとまったお金が入ったので、ちょっぴり高いカメラを買った。

わたしはこいつらとは違う。わたしはネットの海に石を投げたら当たるような有象無象のアニメアイコンとは違う。

動画を撮ろう。配信で喋《しゃべ》ろう。

わたしの豊かな知性と優れた容姿を以《もっ》てすれば、そのありあまるカリスマ性が瞬《またた》く間《ま》に世界へ広まり、何百万のファンたちがわたしのロックの信奉者となる。今夜からわたしの麗しい伝説が始まってしまうんだ！

試しに、三脚に設置したカメラの前に立ってみる。

手が震えた。足がすくんだ。声が掠《かす》れた。視界が歪《ゆが》んだ。

仮にこのカメラが実際のわたしの姿を映していたとして、不特定多数から独《ひと》りよがりな善意もネチネチした悪意も一身に浴びると想像すると、「大学に進学せず上京しただけ」のなんちゃってロックンローラーが耐えきれるはずがない。本当のわたしは、ちょっぴり音楽や漫画アニメに詳しく、貧乏人なりにロリータ服へ多少のこだわりがあるだけなのだから。自惚《うぬぼ》れることすら許されない、なんとも悲しいスペック。

現実逃避からスマホを開き、疎遠になってミュートに設定しているのに、わざわざ同級生たちのアカウントを覗《のぞ》いてイライラしにいく。美大に進んだ一人が、自主的に製作したショートアニメを投稿し、それがそこそこ話題になって何千かの「いいね」をもらい、若き才能が芽を出し始めたことに周囲が喜んでいた。

瞬間、スマホをベッドに投げ捨てた。そのままカメラを三脚からもぎ取り、天高く腕を伸ばす。こんなもの、今すぐ叩《たた》き割《わ》ろう。買ったその日に（フリーターからすれば）高級カメラをぶっ壊す。それがわたしのロックンロール。

ウルトラマンのポーズで右腕をかざしたまま、数分静止した。光の巨人だったらカラータイマーが点滅してとっくに帰っている。震えた腕をおろし、押入《おしい》れの中へそっとカメラを仕舞う。衝動的に床に物を叩きつけることすらできない矮小《わいしょう》な自分が情けなくて情けなくて、涙が溢《あふ》れた。

それでも処理できない感情の重さを発散するため、下の階の住人に迷惑にならない程度に地団駄を踏み、隣室に聴こえない程度の音量でブラック・サバスを再生し、涙でぐちょぐちょになった太ももを痣《あざ》ができない程度に何度か殴りつける。

バカみたい。狂ったフリすらできない。心のブレーキが半端《はんぱ》な常識やモラルの外へ飛び出すことを許してくれない。

死にたい。端的に言って死んでしまいたいけれど、どうせわたしは死ぬことすらできない。

死ね。むしろお前らが死ね。みんなみんな死んじまえ!!!　そのあと、わたしも一緒に死んでやるからさ。

無理か。きっとわたしは世界で一人きりになっても自殺する決断もできないくらいの女だ。死にたい、死にたいよ。

わたしも大学、行きたかったな。

——なになに。「超てんちゃんは、いつからこんなにすごいんですか？」だって。

うーん。わたしは生まれた時から天使だったかなぁ。

きっと、こうしてインターネットエンジェルとして降臨する運命だったんだね。自分で分かってたんだ、わたしはいつかモニターの前のみんなを救済する天使になるって。

ささやくんだよ。世の偉人たちにはさ、「自分の使命が見つかった」って直感が。

わたしは、それを信じただけ、だよ。

何者かになりたい。

何者かに、なりたい。

現代の若者であれば、誰でも抱《かか》える感情だと思う。ＳＮＳや動画サイトを通して、同年代のすごい人たちがキラキラ輝く様子を無限に見せられるのだから、イヤでも憧《あこが》れる。学校や会社なんて狭い箱庭では決して味わえない。無数の人間から称賛される優越感。心地よさ。高まる自己肯定感。ほとばしる脳内麻薬。一度でいいから味わいたい。ウソ、本当はその快楽に死ぬまで浸っていたい。

たまたま開いたライブ配信で、ハデな格好をした頭の悪そうな美少女が楽しそうに視聴者と交流している。『超絶最かわてんしちゃん』、略して『超てんちゃん』だそうだ。世間では、こういう子が流行《はや》っているらしい。プロフィールは公開していないけれど、見た目からわたしと同じ二十歳前後っぽい。大してインフルエンサーに興味のないわたしのホーム画面に現れたくらいだから、すっごく人気があるはず。チャンネル登録者数は八十万人。ただの雑談配信に二万人もの視聴者が集まっている。

　気持ちいいだろうな。たくさんの人間から注目されて。お金も人望も手に入れたい放題で。歌ったり、踊ったり、買ったり、はしゃいだり、恋したり。彼女には、充実した輝かしい人生が待っている。そりゃ有名人ゆえの悩みやトラブルだって想像できないほど体験していくだろうけど。でも、なにもない平凡な人生よりマシじゃない？　退屈のほうが苦痛より残酷なんだよ。

『かな』。これがわたしの名前。ふつう。どこにでもいる二十歳なりたてフリーター。このまま平均点の僅差《きんさ》をさまよう人生が確定した特筆すべき点のない女の子。超てんちゃんのようなまばゆい人生とは、天と地の差がある女の子。もうしばらくすれば「女の子」を自称するのも苦しくなって、「女の子」と「女性」の狭間《はざま》で悩むことになる。その悩みすら、ありふれた一般的なモノにしかならないでしょうけど。

早急に人生を変える必要がある。

脳内議論の行方は冒頭に戻る。「何者かになりたい」。てか、そうじゃないとわたしが生まれた意味なんて一切なくなる。あーネットのヤツらは「生まれた意味なんて誰にもないのに（笑）」みたいな反応しそうだな。斜に構えて、悟ったフリして。本心では自分だってスターになりたいって願ってるくせして。わたしだってこんな願望を表に出さないけど。なんの努力もしていないのに言えたくちじゃないけど、「少女A」で終わりたくないよ。

さて、悲観していたって仕方がないのだから、現実的に「何者かになる」方法を考えてみよう。超てんちゃんの配信は止めよう。高い声出してうっさいんじゃ。一生オタクに媚《こ》びてろボケ。でも、わたしが大物になったらコラボしてください。

何者かになる方法①

「努力」

言わずもがな最強の手段。今から資格の勉強をして珍しい職業に就いたり、イラストや音楽を頑張って有名クリエイターになる。人間は十年頑張ればどんなものにもなれるらしい。今から毎日机に向かって張り付けば三十歳の頃にはイラストレーターとして花開き、インフルエンサーや配信者たちから「先生、絵を依頼していいですか!?」なんて言われるかも。大手箱にVTuberのガワを提供して「ママ」になるのもいいな。うん。完璧《かんぺき》な作戦だね。

わたしが、十年どころか一ヵ月も練習に耐えきれないことを除けば。

当たり前だろ。なにかに一生懸命になれる人間だったら、そもそも今頃は大学か専門学校、それかクリエイターの卵として頑張っとるわ。凡人をなめるなよ。こちとら二十年間「大人に言われたから」以外の理由で努力なんかしたことないっての。

何者かになる方法②

「配信者になる」

①よりも若干現実的であると思う。もちろん、こっちにだって努力は必要だけど、

16

運が良ければ何年も修業せずに結果を手に入れることも可能。むしろ日に日に「若さ」「少女性」が削られていくことを考えれば、今すぐ始めるほど未来が広がる。

幸い、わたしの容姿は特別ヒドいわけじゃない。と、自分では認識している。ゴスロリ趣味はあるけれど。それも配信者には良《い》いアクセントでしょう。決して容姿だけで褒められるレベルじゃない。あくまでオタク集団の中に居たら少しだけチヤホヤされる程度だ。

が、配信者に大事なのはなにも容姿だけではない。インターネットでは、「顔が良ければ人生勝ち組」なんて嫉妬が飛《と》び交《か》っているけれど、それは冷静な意見じゃないとわたしは考える。美容整形や加工技術の発展により、誰でも一定のラインには容姿のステータスを上げられる／誤魔化せるはず。実際は、「かわいい」ことはあくまで人気要素の一つであって、そこからいかにファンを盛り上げられるかの能力がないと、美男美女が飽和した現代で生きていけるわけがない。アイドルがなんで歌って踊るか、身体《からだ》を張るか。そうしないと仕事がこないからに他《ほか》ならない。逆に、美人を見慣れてしまった今では、「一見どこにでもいそうな人が頑張る」動画も流行している。チャンスはここにある！

　それでも顔出しに抵抗があるなら、VTuberって手もあるよね。声や企画に自信があるならね。そう考えると、いい時代に生まれた気もするね。ま、それだけ手軽だからこそVTuberで上澄みになる可能性って万に一つなんだけどね。レッドオーシャン。いま無策でバーチャル界に挑む人間はバカ。なんなら誤魔化しが利かないぶん、リアル配信者の方が花開く確率が高い。高いお金出して有名絵師にガワを用意してもらっても、それこそ「かわいい／カッコいい」キャラクターなんて星の数ほどいるから意味ない。唯一の勝ち筋は、大手箱に入ることか。しかし、現状の大手箱は元から活動歴か光る能力のある人間しか採用していない。つまり、かな……わたしが敢《あ》えて乗り込む業界ではない。

　ならリアル配信者だ！　待ってろ、超てんちゃん。いまに、わたしも何十万人の登録者数を集めて、おまえの隣に並ぶからな！　なんて。それができたら苦労しない。歌や踊りは学校の授業レベル未満。顔は中の下……いや、中の中くらいにはあるよね。うん。なんだから、企画力で勝負しないといけないけど、じゃあわたしが一発逆転できるような企画ってなに？　保留！

何者かになる方法③

「身体を売ってお金持ちになり、それから考える」

さらに現実的な方法。

いわゆるパパ活。二十歳なんだから、なにも性行為に及ばなくとも食事だけで一、二万円はもらえるかも。もし性行為にまで手を出したら月に何十万円も夢じゃない。それを元手に整形して、かわいくなって、強くてニューゲーム状態でなんらかの業界に乗り込む。自撮りアカウントで女の子の憧れの対象になったり、コスプレイヤーでオタクたちから大量のお金と承認を貢がせたり。こういう道を歩んでいる子は少なくないはず。パパ活は下火っぽいから、風俗かもしれないけど。

これは最初から選択肢に入れてないけどね。この道は間違っている。倫理観や貞操観念、金銭感覚、なにより魂が穢《けが》れていく。幸せのために何者かを目指すのに、肝心の魂が汚れたらなんの意味もない。それに、わたしは素敵な恋愛だって諦《あきら》めていない。

　こういうのはズルズルいくから。わたしがフォローしている女の子の一人は、推しに貢ぐお金欲しさに、「手だけだから」って理由でメンズエステのセラピストになったけど、しばらくしたらなし崩し的にガッツリ風俗嬢になってた。今は、推しに貢ぐお金が無限湧《わ》きして一時的に満たされているだろうけど、ツギハギの幻想が破れた時に、彼女は……。それに、怪しい過去があったら何者かになった時に晒《さら》されるかもだし。そんなことバレたら、お父さん切腹するかも。

　何者かになる方法④

「ネットで物申す」

　これはめちゃくちゃ簡単。

主にぽけったーとかで、「女性としてこういうことは許せません！」とか「若者のための政治を！」なんて主張をして、脳内で設定した仮想敵と戦っているだけでフォロワーがみるみる増える。誰かの敵は誰かの味方。戦っている相手が大きいほど、味方も増えていく。「二十歳の女の子も我々の味方なんだ！」って、おじさん／おばさんは大喜びでチヤホヤするでしょ。あとは、効果的に対立を煽《あお》るような自分の意見を有料記事で配信したら完璧。なんとお金まで入ってきます。

それ以上に失うものは大きいだろうけど。そこまで視野を狭くしたら周りが見えなくて意外と幸福かもね。わたしは、その幸せは要らないかな。

うん。ここまで思考をめぐらせてわかったこととして、ちゃんと生きている人は、こんな「なにか真面目《まじめ》に考えているフリ」なんて不毛なことをする前に行動をしているってだけだ。いっぱい考えて結局どれも採用しない。「なんか思索している感じ」を演出する自己満足。動画サイトのホーム画面では未《いま》だ超てんちゃんの配信が表示されていて、視聴者数も二千人増えている。つまり、そういうこと。超てんちゃんが、「何者かになる方法①〜④」なんて並べているわけがない。かなのバカ。HUNTER×HUNTERが面白い理由は、文字数の分だけバトルの盛り上がりに繋《つな》がるからだ。下手の考え休むに似たり。また時間を無駄にした。

　ぽけったーを開いてバカどもの様子でも見に行こう。今夜も元気にアニメアイコンたちが呟《つぶや》きを投稿している。わたしと同じ、なんでもない人たちの取り留めの無い発言たち。たまに、運良く拡散されて一瞬人気者ぶることもあるけれど、翌日には再びオタクAに戻っているくらいの、そんな日常。

　突然だが、わたしは最近怒りを覚えていることがある。このネットでしか生きられないバカたちの（自分も含めています。自虐です）ぬるま湯のなかで、ちゃっかり大手企業に就職した男が現れたのだ！

　今まで「単位ヤバいよ～このままだと大学生活終わる」「マジで俺なんて……陽キャが羨《うらや》ましいぜ」なんて囀《さえず》っていたのに、いざ内定がでたら即勝ち組アピール。「なんだかんだどうにかなりました！　でも、俺って無能だから社会で役立つかな～」なんて、この期に及んで「みんなと同じくダメ人間ですよ」という予防線まで欠かさない。

　ふざけるな。本当にダメな底辺たちが就活うまくいくと思ってんのか!?　おまえ、あれだけ言って留年すらしてないだろ？　このまま、会社の文句をユーモラスに呟きつつ、それなりの生活を謳歌して、社会人らしい経験をたくさん積んで、いつの間にか立派な顔して結婚するんだろ？　オイ!!!!!

　そんなの許せねぇよ。許せねぇけど、そうなんだよ。ここで文句の一つでも飛ばしたら、わたしの地位は一気に落ちる。「陰湿な嫉妬女」。世間的に見れば、週五で出勤して納税している者のほうがダントツでえらい。ネットの底辺による罵詈《ばり》雑言なんてカス中のカス。一歩間違えたら誹謗《ひぼう》中傷になって地獄行き。あー、今すぐ飛び降りて死のうかな。ここ二階だから死なねーか。ボロアパートから落下して骨折したバカ女が関の山か。死ぬことすらできないんだよ。そうなんだよ。だったら、必死に生きるしかないのに。

　それでも一部、本当にわたしと同じくらい夢も希望もない奴《やつ》らだっているけど。こいつら、わたしより現実見えていないんじゃないか？「モテない！　彼女欲しい！」って毎日呟いたところで、女からすれば「じゃあコイツは対象外だわ」ってしかならないじゃん。「モテない！」っていうのは、モテるやつが異性を惹《ひ》き寄せるための罠《わな》として使うから効果あるってのが分からないのか？　だからバカなんだよ。
　一番バカなのは、こうやってネットで他人を見下すことしかできないわたしなんだよ。
　何者かになりたい。ううん、だれかの役に立って、愛されてみたい。

超てんちゃんの今夜の放送どうだったかな？　あはっ、訊《き》かなくてもわかるだろって？　おまえらはホントなー。超てんちゃんのこと大好きだなー。おまえら明日も学校とか仕事あるんでしょ。あったかくして寝なよ〜。学校や仕事ない人もあったかくしろよ。むしろ、そういうやつらの方があったかくしときな。働かないぶん、お布団のなかでめいっぱいぬくぬくしておくんだよ。そしたら真面目なヤツらが悔《くや》しがるだろ？　みんなで幸せ目指していこうな！　お風呂《ふろ》入れよ！　†昇天†

——超てんちゃんも天使見習いだった頃はネットのゆるい繫がりになんども心を助けられたよ。ＳＮＳって巨大な「ぬるま湯」でしかないけど、そういう場所って現実に疲れた人にとって大事だと思うんだ。だからって、いつまでもお湯の中だけで気持ちよくなっていたら、いつのまにか茹《ゆ》でガエルになっちゃうけどね。

オフ会に来ている。みーんなお金がない若者だから、東京なのに巨大なイオンモールがそびえ立っているくらいに田舎《いなか》な地域の大衆居酒屋で。ハイボールが相場の半額らしく「酒クズ」を自称するアニメアイコンたちの集合場所として人気らしい。わたしはあんまりお酒に興味ないからどうだっていい。

「ウェーイ！」と男四：女二の割合なアニメアイコンたちでジョッキをぶつけ合う。これが乾杯の礼儀らしい。ご丁寧に「ウェーイなんて陽キャの真似事《まねごと》しちゃったりして（笑）」とはにかんだオタクが言い訳する。素直に飲み会を集団で楽しむことに憧れているって言えばいいのに。気持ちはわかるけどね。「結局、ただのアニメアイコンは人生楽しんでいる陽キャの下位互換です」って認められるほど、わたしたちは強くないから。

見ての通り、オフ会というより飲み会なんだけど、わたしたちはぽけったーでしか繋がってないし、互いの本名も知らなければ、こうして数ヵ月に一度集まるかどうかの関係性でしかないので、やっぱり「オフ会」と呼ぶ距離感が適している気がする。所詮《しょせん》、ネット友達を超えた友人関係にはならない程度に壁がある。それに「飲み会」なんて呼び方は大学生ノリで恥ずかしい。ああ、わたしの中途半端なプライドよ。

「かなちゃみさー、今日の服イケてんよな！　マジ可愛《かわい》い」

そう話を振ってきたとりあえず茶髪にしてみましたって感じのロン毛のチャラ男は、『留年モンキー』。いかにもな大学デビュー男で、ドンキで三千円くらいのアクセをじゃらじゃら着けている。このメンバーで最も不快。アニメアイコンなのにチャラい（風に見えるよう頑張っている）ことで他の芋いオタクたちを見下していそうなのが絶妙にイラつく。

　が、その演じたチャラさのおかげで奥手なオタクのオフ会で場を回してくれるし、現に「女性陣の服装を褒める」というまともなコミュニケーションを自然に成功させた。言いたくても言えなかった他のオタクたちが悔しそうにしているのがわかる。それに、こんなやつが相手でも褒められるのは嬉《うれ》しい。悲しいくらいに安っぽいわたしの自己肯定感がちょっぴり満たされてしまった。

【留年モンキーのぽけったーアカウント】
フォロー230　フォロワー260

　顔を隠した自撮りや、借金して買ったらしいバイクの写真を投稿してオタクたちを牽制《けんせい》しつつ、それでもアニメアイコンでたまに話題作のアニメの話も呟いたりする。

オタク叩き・女性叩きなど過激な差別発言が多い。女性を叩くことで、逆に「女をわかってますよ」感を演出したいのだろう。頼んでもいないのに、パチンコの攻略情報もよくシェアしてくる。

「ありがと、留モンくん。バイト代つぎ込んで買ったから嬉しいな」

満たされた分、お礼を述べた。わたしは、そういったこともできる女。今夜の服装は地雷系とゴスロリの中間くらいの黒ワンピース。そして、三つ編み。自分で言うのもなんだけど、ちょうど童貞のオタクがもっとも夢を見ちゃうバランスだと思う。

『かなちゃみ』っていうのは、わたしのぽけったーユーザー名だ。

【平凡少女かなちゃみのぽけったーアカウント】

フォロー１５０　フォロワー４３０

観《み》たアニメ・映画や読んだ本・漫画の感想をあげるアカウント。ちょっと気取ってマイナーな作品の感想が多め。たまにnoteへ考察記事なんてあげてみたり。あと、買った洋服の写真をあげてみたりも。この「適度に手の届く女オタク感」が誘蛾灯《ゆうがとう》となって男オタクを惹き寄せてしまうけれど、正直それが快感でもあったりする。今夜のメンバーとも留年モンキーからの出会い目的DMから繋がった仲。

「かなちゃみマジでいいよね！　素朴な感じで萌《も》えるよー、かわいい！　だいすきっ♡」

「見《ケン》」に回った陰《いん》のオタクたちを尻目《しりめ》に、唯一ファッショントークへ乗ってきた銀髪派手髪女性は『るり姫てゃん』。安居酒屋の暖色系な照明が銀髪を鈍《にぶ》く光らせる。客観的に見ても顔面が整ったコンカフェ嬢。この場で一番ヒエラルキーが高い。間違いなく、この容姿でありながらイケてないオタクの集まりにも出席する自分に酔っている。そして何より、ここより1ランク上の集まりではチヤホヤされない程度の立ち位置であることも自覚しているのだろう。

　わたしへの「かわいい」は、女が女にマウントをとる際の「かわいい」だ。正しくは「わたしとちがって平凡なところが邪魔にならなそうでかわいい」になる。わざと一昔前な「萌え」というスラングを使用するネット女アピールも欠かさない。ムカつくこともあるけど、数少ない女性の知人であることや、基本的には善人なことで嫌いにはなれない塩梅《あんばい》。どうしても、「容姿だけ」の薄っぺらさを感じてもしまうけれど、それはわたしの性根が腐っているだけだろう。嫉妬もあるか。

【るり姫てゃんのぽけったーアカウント】
フォロー80　フォロワー２５００

いーすたと連携した病み系かわいいな自撮りでフォロワーを増やし、勤務先のコンカフェに誘導する典型的な自撮り垢《アカ》。男と絡むと面倒だからフォローはすべて女性。光栄なことに、その中のひとりがわたし。客としてやってきた留年モンキーの紹介で、たまにこのグループのオフ会に顔を出すようになった。なにを言っても自然にマウントがとれるので居心地いいんだろう。

「ありがと。でも、わたしだってるり姫てゃんくらい思いっきりかわいくなってコンカフェとかで働いてみたかったな」

「ええー!? かなちゃみなら絶対人気でるよ! 一緒にやろやろ?」

どこまで本心なのかは定かじゃないけど、表面上こうして優しさを発揮してくれるのは、場の空気感的にも、わたしの自己肯定感的にも助かる。これが「陽」の世界の為《な》せる業。ここにいる斜に構えた凡百のアニメアイコンでは太刀打ちできない「正」の領域。

「やめときなって。かなは、キラキラなコンカフェ嬢みたいにオタクの相手に耐え切れるタイプじゃないだろ?」

わけ知り顔で間に挟まってきた、いかにもな黒髪ひょろひょろメガネオタクくんは『終末時計』と名乗る文学部の大学生。エロゲーとか哲学とかが好きで、批評やら評論やらをライフワークにしている、らしい。彼が投稿するアニメやエロゲー批評とやらは、ネットのどこかで見た意見をまとめてそれっぽくしたものにすぎず、無駄に難しい言い回しや横文字、哲学書の引用が多くて目が滑《すべ》る。しかも投稿頻度はごく稀《まれ》。

趣味レベルにも達していないと思うけれど、本人はあらゆる作品に詳しくてオタク・サブカル文化に一家言あることがアイデンティティみたい。ツイートは何故《なぜ》かつねに上から目線で、今も「コンカフェやオタク女の生態を知っていますよ」感を出して話している。本当に女性の人格を把握しているなら、なんで彼女ができないんだろう。

【終末時計のぽけったーアカウント】
フォロー４００　フォロワー７００

アニメやエロゲー、ライトノベルなどの批評らしきもっと価値のない何かを投稿する傍《かたわ》ら、インターネットのあらゆる話題に言及して、愚かなネット民たちを「啓蒙《けいもう》」してくれるありがたいアカウント。特にインフルエンサーが嫌いらしく、発言の端々から男尊女卑が漏れている。ネットの有名人のスキャンダルを共有するのが大好き。一瞬だけカクヨムに短編小説を投稿していたが、恥ずかしくなったのかいつの間にか全部消していた。なにやら難しい漢字でいっぱいだったことだけ記憶に残っている。

「えー。最近はオタクに厳しい路線もアリだよ！　強い女っぽい感じでいけるって」

「そうだよね。女性の声優さんもオタクに苦言を呈《てい》する人増えてきたよね。あれ、わたしもカッコいいと思うな」

女子同士での会話が弾むと、終末時計くんは決まってぐぬぬ、と悔しそうな顔でこちらを睨《にら》む。オレ様の高度な意見はバカな女性たちには理解できてないのか？　なんて脳内で見下しているのが丸わかりだよ。そんでもって強い女が怖いから、比較的そちら寄りなるり姫てゃんには話しかけない。

「たとえば超てんちゃんとかオタク相手にめっちゃつっかかるじゃん。この前なんてユニコーンはまずお風呂入りなーなんて言ってて笑っちゃった。ああいうのが愛される理由かも♡」

「あっ、超てんちゃん。その人、この前たまたま配信見たよ。やっぱり人気の子なんだね」

終末時計くんがカットインしてきた。

「超てんちゃんね。彼女の魅力は、そういうオタク弄《いじ》りが現代だと武器になるって理解している器用さだよ。それに、越えちゃいけないラインの把握もなかなか。あの子はこれから伸びるとオレも思うな。他のサブカル気取り女と違って話す内容もなかなかのチョイスだし。やっぱりまだ浅いとこはあるが」

終末時計くんは腕組みしながら「うんうん」と頷《うなず》く。サブカル女子に一定の評価を与えることで、自分の器の大きさとサブカル濃度の違いをアピールする術も欠かさない。ここまでわかりやすいと逆にかわいい気もしてくる。

「超てんちゃんがブラチラする切り抜き見た？　あれ、すぐ消えたけど動画保存したわ。何度か抜いたった（笑）」

クソバカの留年モンキーが下世話な方向で乗ってくる。それに対して終末時計くんが「ああいう適度にセクシーなハプニングを狙《ねら》ってやれるところも上手《うま》いよな。ただ肌色路線で増えるのは数字だけってまだ気づいてなさそうなのが心配だ」とキツい杞《き》憂《ゆう》方面でさらにライド。

そこへすかさず、「えっ！　そんな切り抜きあったの？　オレにも動画ちょうだい

ちょうだい！」って鼻息荒く前のめりに会話に入ってきた不潔なデブは『モテモテミサイルマン』。もちろんユーザー名は自虐ギャグだ。

【モテモテミサイルマンのぽけったーアカウント】
フォロー1200　フォロワー750

愚鈍。なんというか全体的に鈍臭いアカウントで、よくネットで拾ったネタ画像を投稿するけれど、それが妙に古臭い上にセンスも悪くて解像度も低い。なんでこの時代に解像度が低いガビガビのネタ画像を拾ってこれるのか不思議。日に三回は「彼女ほし〜」系や非モテ自虐ツイートを繰り出し、フォローしている女アカウントへの積極的なリプライも欠かさない厄介おじさん予備軍。一度リプライで好きな漫画の話で盛り上がって以降、わたしに毎朝「おはよっ♡♡」とDMしてくるようになったから、「それはウザいよ」ってさすがに注意した。このタイプの女好きオタクから絡まれ続けるのを放置していると、安い芋女に思われそうで怖い。

「しゃーねーな。いつまでも童貞のモテミサには、あとで最近追ってる裏垢《うらアカ》女子のエロ自撮りも一緒に送ってやるよ」

「オール・ハイル・留年モンキー……！」

笑顔の二人がハイボールで乾杯する。下ネタで絆《きずな》を深めあうザ・ホモソーシャルノリ。まあ二十歳そこらのオタクのコミュニケーションってこんなもんだろうからいいけど（謎《なぞ》目線）。留年モンキーがモテモテミサイルマンに童貞弄りを仕掛けるたび、終末時計くんが気まずそうに目を逸《そ》らす。皮肉屋で冷笑が好きな終末時計くんが加わらないということは、おそらく彼も……。

「はー、やれやれ。こんなノリだからモテミサくんは彼女ができないんだよ」

「それはお前もだろっ！」

「オレは二次元専門だし。現実の女なんて興味ないからさ。ま、それでも絡んでくる女フォロワーは後を絶たないけどね」

後を絶たないなんて言い回しを飲み会でわざわざ使用するオタク。そんな自称・二次元専門の硬派オタクな終末時計くんも、わたしにDMで「キミにぴったりの作品があるからオレの家で映画鑑賞会をしないか？」って送ってきたことは忘れない。異性と距離を詰める速度がおかしいよ。もっと段階を踏んでいきなよ。哲学を学ぶ前に性欲の隠し方を覚えてほしい。晒したりはしないけど、この娘《こ》ならオレでもいける、って認識されたことは悔しい。

「ねぇ、るり姫てゃんオレと付き合ってよ～ねぇ、デートの練習ってことで今度二人で遊ばない？」

「だーめ、二人で遊ぶのはわたしのオタクに悪いから今度お店に来てよ。そこでいっぱい話そ～」

「あーコンカフェ行くお金の余裕あんまないからなー。じゃあ、かなちゃみはどう？」

「じゃあ、ってなに？」

　即答でわたしが冷たく一蹴《いっしゅう》すると、どっと笑いに包まれる。そういうノリ。だんだん興が乗ってきたのか彼らがハイボールを飲むギアが上がってきた。過剰なアルコ

ールでお猿さんみたいに顔を真っ赤にした終末時計くんがわたしを見て、

「かながこうやってオタクにチヤホヤされて姫になんないか心配だよ。そのへん意識しとけよマジで」

う、うざすぎる。やっぱり、この前の出会い厨《ちゅう》丸出しDM晒してやろうかって思った。けど、なんでもかんでも晒して大袈裟《おおげさ》に騒ぐ女が一番嫌いだから我慢した。わたしだって、人との距離感でやらかすことは無限にあるんだからお互い様だもんね。それにしたってお酒は人を狂わせるな。わたしは控《ひか》えめでよかったよ。

「てか、キョーヤは女いんの？」

「え……あ、僕は……そういうの、まったく……。女の人、こわいし……」

飲み会中ほとんど喋らず隅《すみ》っこで俯《うつむ》いていた、前髪で両目が隠れた全身黒の見るからにダウナーで内気な青年は『黒部《くろべ》恭弥《きょうや》』。もちろん本名じゃなくてペンネーム。漫画の専門学校に通っていて、ぽけったーに短編漫画を投稿しているワナビー。ちょっと退廃的すぎてクサいかなって部分もあるけど、わりと好きな作風の漫画を描く。ていうか、素人の漫画なのに忖度《そんたく》抜きで読める時点ですごい。まだまだ作家の卵でコミュ障だからこのメンバーの中だとヒエラルキーが低いけど、将来性は群を抜いて高い。カーストがＤでも成長性はＡだ。

【黒部恭弥のぽけったーアカウント】
フォロー４００　フォロワー１２００

主に自作の漫画やイラストを投稿し、ごくたまに近況を呟くアカウント運用方法。作家個人でなく作品のみを見てほしいんだろう。漫画の専門学校で上手くいっていないらしく、深夜にこっそり病んだ発言をしては朝には消したりしている。だんだん投稿している漫画の伸びも増えていってすごい。まだまだ素人に毛が生えた程度だし、クリエイター気質な意識が高くて鼻につくところもあるけど、「何者か」へと一直線な様子は正直羨ましい。ううん、羨ましすぎて眩《まぶ》しい。お願いだからヒットしないでって気持ちと、彼が報《むく》われることで友人として自慢できるのはメリットだなって気持ちが二つある。あー、でもやっぱり彼が人気になっていくなら嫉妬もするけど嬉しさの方が強いかもな。もちろん作家として売れるなんて万が一の話だけど。

「キョーヤはモテたいとか無さそうだよな。オレと一緒に非モテ同盟を組もうぜ！」

モテミサの声が大きくなる。モテない男は徒党を組んで結束する。そこに友情が生まれるのだから、それはそれでいいことでもあるけど、デメリットとして一歩間違えたらコンプレックスを拗らせた女叩き集団になってしまう。あと、仲間内からもし恋人ができた男が現れたら槍玉《やりだま》に挙げて全員で攻撃する。女性でも近いことは起きるけどね。

「僕は……いま、漫画のことでいっぱいいっぱいだから……そういうのも、いい、かな……みんなとこうしてたまに集まるのは楽しいけど……モテるため……とかに時間使うよりは、たくさん作品を見ていきたい……かも」

「おーおー。創作のために青春を捨てるなんて立派だねぇ」

「うむ。クリエイターは、そうあるべきだ。自分を追い込んで追い込んで、一般的な幸せを振り捨てた先にしか物語は生まれないのだからね」

留年モンキーが煽り、終末時計くんが褒《ほ》め称《たた》える。前者からは「どうせ作家なんてなれはしないのに創作を言い訳にしているな」といった見下し根性が、後者からは「創作者に理解のある同じ目線を持ったオレ」が透けてみえる。

「ちなみに、キョーヤ君は最近はどんな作品を良いと思ったのか聞かせてくれないかな？　この〝良い〟っていうのは、参考になるって意味ならなんでもいいからね。ただ面白くて刺激があるってだけでは、本質的に〝良い〟作品じゃないだろう？」

　なんなんだコイツは。目線が天空にあるのか？

「うーん……終末くんが言っていることは、難しいけれど……『異人たちとの夏』って映画を観て……それが参考になること多かったな……あの映画、好き……」

「あっ、わたしも昔観たよ！　いいよね、『異人たちとの夏』！　高橋幸宏《たかはしゆきひろ》がチョイ役で出てるんだよね。あの昭和な雰囲気わたしも好きだな」

　その映画はわたしも好きだ。マイナーな映画の趣味が合った嬉しさで、今度は自分が大声を出してしまった。けれど、やっぱり嬉しいものは嬉しい。好きな作品語りで大声かつ早口になる、これはサブカル女の悲しき宿命。

「あ、あっ！　うん、そうなんだ……僕らが生まれる前の映画だから……そもそもすでに古いのに、当時のノスタルジーを取り扱っているから、二重にレトロで……あまりにベタベタだけど、演出とか下町の絵作りとか……ステキだなって……」

「そうそう！　現代の作品がネット受け狙って作ったレトロ像じゃなくて、あの時代の本物の昭和臭が堪《たま》らないよね。終盤のホラーはちょっと今だと安っぽいけど」

「うん、うん！　でも、あの安っぽさが……逆に素朴で……僕はそこも好き」

「わかる！」

「通じる人いて……嬉しい。来てよかったな……終末くんは、どう？　『異人たちとの夏』。評論家的には……どう見えてるの……かな？」

「あー、うん。あれね、『異人たちとの夏』ね。うんうん。まあ結構いい作品だと思うよ。結構ね。評価すべき点は、いまだいたい君たちが言った通りかな、うん。そんな感じかな。いろんな作品を知ることは、創作にとって良いことだからね。これからもたくさん勉強に励《はげ》みたまえ。ははっ」

「ねー。るり、難しい映画の話わかんないんだけどー」

「こいつらオタクだからすぐこういう時早口になるのな（笑）。るりちゃん、ディズニーとか好きだろ？　今度ディズニー映画観る会やろうぜ」

こうしてアニメアイコンでＳＮＳを駆け巡る若いオタク男女の夜が更けていく。極限まで薄めた激安ハイボールと小汚い居酒屋特有のタバコの臭《にお》いに包まれた、遅れてきた青春。本物の「陽」の者たちからすれば、ジメジメと湿って気持ち悪い粘着質な青春。でも、それがわたしたちの青春。これはこれでかけがえのない時間を、オタクたちは過ごしていく。

時刻は二十一時過ぎ。

高校生なら慌てて帰宅していく時間で、自由を手に入れた大学生たちがみるみる調子に乗りはじめるタイミング。

「キョーヤくんはえらいね。夢に向かって毎日絵を描いててさ。何者かになろうって気持ちに正直で」

激安ハイボールが脳みそを揺さぶるせいで、ついつい本音を漏らしてしまった。留年モンキーとモテモテミサイルマンは、酔いが回り始めたるり姫てゃんを抜け駆けして持ち帰ろうと見え見えの心理戦を繰り広げていて、終末時計はすっかり酔《よ》い潰《つぶ》れているから、本人にしか聴こえてなさそうなのが救いだ。

「ありがと……でも、頑張ってるだけで……成功できるわけじゃない、から。きっと、すごい人はもっともっと頑張ってる……それこそ、〝えらいね〟って褒められるより先に……〝あなたの作品が好きです〟って……言われないとダメだ」

「こう言うと社交辞令みたいだけど、わたしはキョーヤくんの短編、好きだよ。特に、恋愛漫画の主人公がコミュ障設定の癖《くせ》してみんな全然異性と喋れることに文句言うオタクの話、ああいうメタっぽいの面白いなって思った」

「あ、はは……ここが、居酒屋で……よかった……すでに酔ってるから、褒められて顔真っ赤になってるってこと、バレなくて……」

　こんな漫画みたいなセリフをさらっと言える感性。これは、わたしたち漠然と「何者かになりたい」けど何も行動をしないまま若さを浪費している愚か者に足りない勇気なんだ。

「おいおい、お二人さんなんの話してるのー？　オレ抜きでパコっちゃう相談か!?」

すかさずモテミサが割り込んできた。勝手に非モテ同盟へ組み込んだキョーヤくんが女と楽しそうに話している様子に嫉妬したのだろう。それにしても、こいつの下ネタのラインは留年モンキーに輪をかけて低俗だ。どうでもいいけど。

「なんでもないよ。みんなでこのまま生きていこうねって話」

「えー、かなちゃみ急にどしたのー？　なんか悩んでる？」

「あーうん。悩みとはちがうかもだけど、さいきん木曽《きそ》さんが就職決まったじゃない？　それで今夜の集まりもドタキャンしてたし。みんな日陰者《ひかげもの》のアニメアイコン同士ずっと底辺でいようぜ！　って言ってたのに、けっきょく就職するんだなって思ったりはしちゃった」

「わかるわかる！　木曽のやつ、俺もモテミサも童貞仲間だぜ！　ってリプ飛ばしあってたくせして、急に顔隠したスーツ姿の自撮り上げてたしさー。ぜってー裏では女と遊んでるぜ。マジ許せんよな」

「てか、木曽さんウチのお店来たよ。就活成功祝いだってシャンパン開けてくれた」

「かーっ！　ダメだあんなやつ！　破門だ、破門！」

「そもそもちゃんとした苗字《みょうじ》でネットやってる時点で社会性あったんだよな」

それをいうなら、ただ本名の『かな』を今風にデコって『平凡少女かなちゃみ』にしているだけのわたしも同じようなもんだけど。ちなみに、あえて本名っぽさを押し出してSNSやっているのは、それが陽っぽくて他のオタクを牽制できるかなって妙な自意識からだったりする。ネットに依存している人って、ネットが下手なのに馴染《なじ》んでいるアカウントへの憧れあるじゃない？

我ながら歪みかたが狡《ずる》くて気持ち悪いな！

「俺たちは永遠に陰の人生歩みながら、こうやって酒クズとして仲良くやってこうぜ!!!」

留年モンキーの音頭に乗せられ、みんなで締めの乾杯をする。この「陽」の物真似《ものまね》ノリがつらいよ。でも、この塩梅のコミュニティにしか居場所がないわたしだって、側《はた》から見たら同じなんだ。というか、こうして集まりに参加しているくせして、内心でうっすら他人を見下している自分が最もカスだよ。ゴミだよ。今だって、「なんだかんだコイツらも就職して呟きも減って、気づけばアニメや漫画の話を捨てて年収がどうだ家庭がなんだって話をするようになるよ」って思ってるし。あー、考えれば考えるほど悲しくなってきた。酔ったふりで誤魔化せているけど、ちょっと泣きそうなくらいかも。あー、あー、なんだこの情緒不安定なバカ女。一緒に飲んでいるのに飲み会も周りもバカにして、その悪口がすべて自分に跳ね返ってきて、それで勝手に泣きそうになって。ホントに、バカ。

本気で泣き出しちゃうまえに、「あー、ごめん！　今夜予定があったんだった！」と演技をして、お金だけ置いてひと足先に店を出た。「かなちゃみがんばって♡」と、るり姫てゃんが去り際のわたしを激励する。

やめて。そういう「善い人」であるのやめて。鬱々《うつうつ》と煩悩だけを培養し続けてきたわたしの惨《みじ》めさが際立つだけだから、やめて。

やめて。

君は嘘の糸張りめぐらし
小さな世界　全てだと思ってた
近づくものは　なんでも傷つけて
君は　空が四角いと思ってた

——hide『ピンクスパイダー』

で、自意識だけが肥大化したせいで同年代の飲み会にすら馴染めずにお店を飛び出し、東京の外れ特有のなんともいえない星空の下を歩く孤独なサブカル気取り女になったわけだけど。

スマホを確認するとまだ二十一時。オタクの飲み会、健全すぎる！　ＪＩＮＥグループには、わたし（と、おそらく撮影したキョーヤのスマホだけ無し）を除いたメンバーが画面にぽけったーアカウントを表示させたスマホをテーブルに並べた写真が貼《は》られている。「この濃いメンツで会ってきました！」っていうＳＮＳ共有用の画像。先に出たおかげで、この並びにわたしのアカウントも交じってなくてよかった。けど、これも数年後には笑える思い出になっているのかも。「俺たちこんなに痛いクソガキだったな！」って。そんな若者らしい思い出すら残せないわたしの方が哀《あわ》れとも言える。

さっそく会話後特有の脳内反省会に耽《ふけ》っていると、前方に赤黒いフリフリな服を着た、かわいらしい女性が見えた。

うわ……幽霊みたいに肌が白くてモデル体型。黒のスカートから伸びるスラッとした脚がうらやましい。こんなかわいい服を自信満々に着てみたいな。わたしの黒ずくめもたいがいだが、これはオタク女の小さな背伸びであって、あんなにファッションに自信のある美少女が纏《まと》うオーラはない。

まんまるお目々でスマホを眺《なが》めている彼女をぼけーっと眺めながら歩いていると、向こうから酔ったチャラそうな茶髪スーツの男が現れた。彼女の顔を見ながらニヤニヤしている。あー、これぜったい話しかけるな。ナンパだ。ホストっぽいから店への勧誘かもだけど。

案の定、チャラ男は女の子へ絡みだした。女の子はスマホから視線を外して一瞥《いちべつ》すると興味なさそうに俯く。クールな態度が余計にそそられたのか、男の絡みは激しくなる。異性のことしか頭に入ってない精子脳がこんな簡単に引き下がるわけがない。なんだか怪しくなる雲行きが気になってきたので、わざと歩幅を狭めて「見《ケン》」へと回ろう。

「なー、姉ちゃんオレともう一軒いこうよ。寂《さび》しいんだよ、夜に一人でさ。姉ちゃんもそうだろ。二人で傷を癒《いや》そうよ。もちろん奢《おご》りだぜ？」

「低俗」

　言葉がストレートすぎてハマーンみたいになっている！　きっと、無限にナンパされてきて無限に断ってきたから鍛《きた》えられているんだ。わたしなら「ご、ご、ご、ごめんなさい～!!!」ってビビってる。

「あっ！　それオレ傷ついちゃうな～!!!　いいじゃん、ナンパくらいさ。姉ちゃん、なぁ遊ぼうぜ」

「最悪」

「そう言わずにさ〜？」

ついに男は女の子の肩に腕を回す。これぜったい怒る。他者からの接触ってそれほど重い意味があるんだ。この男にそんな分厚い心の壁を崩せる魅力はない。女の子はホスト崩れ野郎を睥睨《へいげい》し、

「この女はナンパすればイケるとこんな下卑《げび》た男に判断されてしまった事実が最悪」

わわわわわ。精子脳の男もアレだけど、この子もこの子でぶっ飛んでいる！　これは戦争が起きるよ！　あまりの剣幕にわたしもいつの間にか足が止まってるし。緊張。

「コイツ、バカにしてんのかっ！」

あー、もう本気で怒っちゃってるよ。そりゃさっきから明確にバカにはしているでしょ。そういう問題じゃないか。これもうさすがに第三者が止めるべきだよね。女の子の方もいっさい譲らなそうだし。現状で状況を把握して動かせる第三者と言えば。

わたし、か。

柄《がら》じゃない。こんな面倒ごとを目の当たりにしたって、結局どうにか丸くおさまる

でしょってスルーするタイプだ。実際ナンパくらいで大ごとにならないでしょ。このあとの展開だって、なんだかんだ暴力まではいかずに、男がめちゃくちゃ悪態《あくたい》つきながら退散して終わるに決まっているじゃん。ここで一歩踏み出せるほどわたしはできた人間じゃないって。じゃないけど。

「あのっ！　その人困っているんで、やめた方がいいんじゃないでしょうか！」

　気づけばわたしは小汚いナンパ男とアニメみたいな口ぶりをする謎の美少女の間に入っていた。スルーする罪悪感と、止めたらどうなるんだろうって興味、助けることで不思議な女の子と繋がりができて何か起きるんじゃって期待、でも、もっと単純に自身に僅かでも善性があったからだって信じたい。

「ちっ。やりすぎた。ごめん」

　思ったより簡単に男は引き下がり、恥を誤魔化すように早足で消えた。やっぱりこの程度のことだ。わたしが入らなくたって同じ結果になっただろう。でも、わたしは行動した。いつもスマートフォン越しにネットの事件を眺めて笑ったり安心したりしていただけの、どこにでもいるオタク女Aの小さな非日常。

「ありがとう」

少女がぼそっと呟く。助けが来ることが予想外だったらしく、多少は動揺しているようにも見える。

長い前髪で隠れていた片目が揺れている。綺麗《きれい》だ。睫毛《まつげ》が長くて、顔が小さくて、年相応なあどけなさとどこか悟ったような達観した印象が同居し、なによりこの世界の全《すべ》てを憎んでいるような、それでもってやっぱり人間のことを好きでいてしまうような、そんな大きなお目々が綺麗だと思った。

「いえ、あの。差し出がましいことしちゃってすみません。無事に済んだみたいで何よりです」

見知らぬ他者との会話という現実感が急に襲ってきて、しどろもどろになってしまう。仮にも助けた側なんだから堂々としていればいいのに！　あーあー、まあ感謝されたのだから、わたしは善いことをしたのだろう。とはいえ、特に喋ることもないから沈黙が生まれちゃって、そのうえでこのまま「じゃ！」と立ち去るのも変な気がして動けなくなってしまった。見兼ねた少女が口を開いてくれる。

「気分転換したくて久々に夜風を浴びていたんだけど、外の世界はあんな醜《みにく》いものがいて最悪だね。それなりのスーツ着ていたくせに、品性までは買えないんだ」

「あはは……本当にひどい人でしたね」

　芝居がかった言い回し。でも堂々としているから違和感がないし、なによりこの格好に見合った容姿をしているのだから、浮世離れした雰囲気に好感が生まれる。この人、「何者か」だ。なにをしている人かはぜんぜんわからないけれど、あの安居酒屋で騒いでいた有象無象のアニメアイコンＡＢＣとちがって、エンドロールに名前が載る人なんだ。

――もっと、この人のこと知りたいな。

「すみません。よかったら、ちょっとお話でもしませんかっ。わたし、ナンパを止めたのなんて初めてで、なんか興奮してっていうか落ち着かなくて。ほら、せっかくの縁ですし！　ちょっと他人に聞いてみたい話とかあって、それでちょうどいいっていうか。って、これじゃあわたしもナンパと変わらないですね。ごめんなさい!!!」

早口オタク女パワー全開。心臓の鼓動が加速して、それに伴い思考回路も暴走し、気づけば無意味な言葉の洪水で溢れて止まらなくなる。恥ずかしい。死にたい。殺してほしい。

「いいですよ。こういう時は、お礼をするべきだと思うから。それに、気分転換になるかもだし」

「あ、え、あの……ありがとうございます！」

承諾してもらえちゃった。これから二人で過ごす夜は、きっとわたしにとって死ぬほど特別な時間になる。占いなんか信じている人をバカにしていたのに、この出会いに運命的なトキメキを感じてしまっている。「トキメキ」なんて青臭い概念、わたしの感情にあったんだね。

わたし、蜘蛛を飼っていた。それもタランチュラ。なんだろう、今思えばそれも日常から逃げ出したいサブカルガールの反抗でしかなかったかもしれないけど、変わった生き物を飼いたくなった。ヘビとかチンチラ飼う子は結構いるじゃん。なら思いきって蜘蛛を飼ってみた。元からフォルムが好きだったこともある。黒とか紫でさ、いいじゃない。

　飼育は意外と単純だった。子蜘蛛の頃は湿った綿を詰めた透明なカップに入れて、たまーに餌《えさ》用のコオロギを入れるだけ。脱皮して成長してもいっしょ。大きめのケースに移しはするけれど、それ以外は毎日水を吹きかけてたまにコオロギ入れるだけ。蜘蛛は巣を張ったらめったに動かない。ごく稀に巣から出てきた僅かな瞬間だけ、毒気由来の美しさを垣間見《かいまみ》ることができる。鳴きもしなければ感情もない。ただ、複雑に張りめぐらせた糸にマヌケな餌がかかるのを待つだけの存在。もちろん人間なんかに懐《なつ》くことなんてありえない。そんな蜘蛛の生き様が大好き。

「このあたりに好きな場所がある」って彼女が言ったので、いま二人でとぼとぼ夜の街を歩いている。横に並ぶと会話しないといけないから少し後ろを歩く。座って対面した状態だとどうにか話せるかもしれないけれど、隣を歩きながらは会話できる自信がないくらいの距離感、わかるよね？　まさにそれ！

それにしても、彼女のふわっとした真っ黒なツインテールは、後方から見ると蜘蛛っぽい。正面から見ても、じっと獲物が引っ掛かるのを待っているような恐ろしさと毒々しい美しさはタランチュラを連想する。きれいだな。きっと、彼女に触ったら刺々しい毒が回るでしょう。

「ここ。この上にわたしが好きな場所あるから、そこではなそ」

「あ、はい！」

彼女とともに駅前の大きなデパートへ入る。田舎特有のクソデカ商業施設。レストランとかがあるのかな？　今は二十一時過ぎで二十二時閉店だから話せる時間は三十分程度。あああ悲しい。もっと居たい。ダメダメ。先のこと考えすぎて不安になっていると今がもったいない。わたしが「何者か」へ一歩でも近づくために、もっとこの人と話さなきゃ。

「あの、お名前はなんですか？」

エスカレーターで進みながら、勇気を出して彼女の背中に話しかけてみる。彼女が少しだけ首を傾け名乗る。

「あめ」

「あめ。あめさん、ですね」

「たぶん、あんまり歳《とし》変わらないと思うんで、さんはつけなくていいです」

「あっあっ、そうですよね。たぶん同世代だから。でも、あめって呼び捨ても変だし。では、あめちゃんって呼びますね！」

「あめちゃん」

「あっ、距離感バグってましたかね？」

「ううん、いいですよ。あなたの名前は？」

「かな、です」

「じゃあ、かなちゃん」

「は、はい！　よろしくお願い致します！」

「よろしく」

テンパって過剰にかしこまったアホの姿を見て、やっと笑ってくれた。どう考えても嘲笑《ちょうしょう》だけど。それでも好感度が上昇したような感覚がする。わたしみたいな凡人は、すごい人から「笑われる」ことででも興味と好感を持ってもらうしかない。それが、嬉しい。

へへっ、かなちゃん。まるであめちゃんと友達になったみたいだ。わたしのテンションとともにエスカレーターも上昇していく。

「この階。あそこでよく一人で考え事してる。最近来ていなかったけど」

「ここですか？　ゲームセンター」

あめちゃんが連れてきた場所は、よくあるデパート内の薄暗いゲームセンターだった。そういえば女児アニメにハマっていた頃、着せ替え遊びができるアーケードゲームにハマってゲーセン通いしていたなぁ。お金なくなるからやめたし、たまに女児アニメおじさんが声かけてきてイヤだった。けど、女児アニメおじさんの不器用さがなんか嫌いにもなりきれなかったっていうか。そんな感じ。

「そこにメリーゴーランドがあって、近くにベンチもある。そこに座ろ」

「は、はい！」

やっぱりただものじゃない。普通の人は、誰かと話す際にゲームセンターのベンチなんて案内しない。手頃な喫茶店やファミレスを探す。この感性、このブレなさだ。これがわたしに無いもの。喫茶店に入ったって感動は起こらない。が、こうしてメリーゴーランドを眺めながら肩を並べて腰掛けるベンチはとってもロマンチック。負けだ。完敗。いや元からなにもかも負けてますけど。

「ここ、暗くて落ち着く。田舎だから広くて大きいのに田舎だから人がいなくてそのせいでがらんとしているから、寂しさがあって、いいんだ」

「そうですね。たしかに落ち着きます」

「このメリーゴーランドも、こんなに大きくて輝いているのに、動いているのみたことない。誰も乗らないのにいちばん光っているおっきなオモチャ」

「ははっ、なんかエモいです」

イヤだ。「エモい」なんてあっさい感想死ぬまで使いたくなかったのに、ここで彼女に合わせなきゃと慌てちゃって、一番ダサい単語が漏れてしまった。引いてないかな。せっかくのお気に入りな場所を「エモ」でまとめられて内心では怒っているかも。さんざん純喫茶でがんばって小難しい本を読んできたのに、いざ本番となるとこれだ。これが読書家でも文化人でもない「サブカル女」の限界。

「わたしが乗ってあげればいいんだけど、恥ずかしくて」

「その気持ち、すごく大切なことだと思いますっ！」

「そうかな。それなら、大事にしないとね」

　ふと俯いた横顔から流れる睫毛の長さ。アイラインの妖艶《ようえん》な赤。コンシーラーで隠しきれてない目のクマの深さ。全部が良いな。ゲームセンターの大袈裟なネオンライトに照らされて、白い肌が光っている。身体、折れそうなくらい細いな。ちゃんと食べているのかな。食べたら吐《は》き出《だ》すタイプかな。心配だな。わたし、もっと綺麗にならなくちゃ。

「そういえば、他人に話したいことって、なあに？」

「あっ！　はい、そうですね。あー、あーこれ、言葉にするとめちゃくちゃチープだな。あの、わたしいま二十歳なんですけど人生に迷っていて。なにか持っている人になりたくて仕方ないのに何もできなくて。そのくせ周りののんびりしている人たちを見下しちゃうみたいな。ごめんなさい、わたしがゴミカスってだけですよね」

「気持ち、わかるよ」

「あっ、ありがとうございます。あめちゃんも二十歳くらいですか？」

「ナイショ」

「ははっ。そうですよね、急にごめんなさい」

なんだそのミステリアスな女っぷりは。いいじゃん。年齢を訊かれて誤魔化すの。秘密は女のアクセサリー。対して「いま二十歳なんですけど！」ってなんだ。バカモンすぎ！

「もう少し、続けてほしい」

「え、あ、そうですよね。これだけ抽象的な情報じゃ答えようもありませんよね。バカだなーわたし」

　もう泣きそうだよ。

「さっきまで、ぽけったーで知り合った同年代の人とオフ会していたんです。そこの居酒屋で。たぶんわたし結構楽しんでいたんだと思います。なのに、やっすいプライドが邪魔して楽しんでないフリして。こんな激安ハイボールで騒いでる集団と仲間じゃないぞってアピールしたいみたいな。でも、彼らとなにも変わらない。それどころか場と相応に盛り上がっている人たちをなぜか見下す自分が一番醜いなって気づいて。それで一人で抜け出して帰る途中だったんです」

「そっか」

「ごめんなさい、急にベラベラ自分語りしちゃって」

「いいですよ。おもしろい。他人の正直な話って、おもしろい」

「そうですか！　わたしなんかの話を面白がってくれて嬉しいな」

自分でわかるほど笑顔になっちゃった。ニチャニチャしたオタクスマイル全開。あー、こんなにわたし他人から認識してもらう「承認」される感覚に飢えてたのか。

「みんなぽけったーでは偉そうにネットの話題とか流行りにあーだこーだ物申すのに、いざリアルで集まったらなんでもない大学生で。あっわたしはフリーターなんですけど。そのネットとリアルのギャップが絵に描いたようなネット弁慶でイヤになって。ぜったい向こうもわたしを同じ感覚で見ているのに」

「インターネット、きらい？」

「ネットの人は嫌いかもです。それでもネットにしか居場所がないし、ネットに救われてる部分は多々あるからやっぱり好きなのかも。そういうしょうもないところも含めて」

「そっか。なんだか恋みたいだね」

「あはは。嫌いだけど好きって、たしかに恋愛ですね！」

あめちゃんと話して初めて自分のインターネットへの巨大感情に気づけた。この子の喋り方は安心する。なんだかお医者さんみたい。失礼だけど、あめちゃんは精神の病気を持っていそうだしカウンセリングとかに詳しいのかな。

「あめちゃんはぽけったーとかやってるんですか？」

「やってないよ」

「じゃあ、いーすたとかですかね？」

「ううん。ぜんぜんネットやらない」

「そうなんですね。配信者とかもぜんぜん？」

「うん。興味ない」

　そっかー。すごいな。この年代でネットと自我を切り離せているんだ。そりゃこんな立派な振る舞いができるもんだ。あ、でも流れ的にわたしにアカウント教えたくないから嘘《うそ》吐《つ》いているのかもだけど。それでも、ここまで堂々としているのはカッコいい。本当にＳＮＳの人間関係とか数字の増減とかに動じなそう。いいな。わたしは買った洋服を投稿するたびに、フォロワーのイケてる女子たちに笑われてないか、誰がいいねして誰がいいねしないか気が気でないのに。

「なんでネットやらないんですか？」

「寂しい人たちが身を寄せ合う場所を、嫌いにならないためにかな」

　あめちゃんの思想は、平凡少女かなちゃみなんて名乗るおめでたいアカウントの頭では到底理解できない。

「逆に、わたしから一つだけ質問してもいい？」

「ええ、もちろん！」

「かなちゃんは、幸せってなんだと定義してる?」

「あ、え、幸せをですか? えと、えーと……恥ずかしいですけど、ちゃんと考えたこともなかったなあ。そうですね、あえて言うなら自分の願望が叶《かな》った時の満足感、かもしれません」

じっと見つめられて恥ずかしい。大丈夫かな。いまの回答、ありきたりでつまらないって思われていないかな。

「……あめちゃんは、どうなんですか?」

「わたしは、誰かに見てもらえることかな」

「な、なるほど!」

悔しいくらいに感性豊かな答えだ。くそっ、これを言うための仕掛けだったのか? あーなんだよわたしのつっまんない回答。詩的さのカケラもない。

「誰かに見てもらえるのって嬉しいですよね。わたしも、お気に入りの服の写真見てもらえた時は幸せかもです」

「見てるよ」

「え？」

「わたし、いまかなちゃんが着ている黒の素敵なお洋服、見てる」

「あ、あ、ありがとう……。あめちゃんはなんだか哲学的な方ですね。わたし、どうにか無理して哲学書とか読んでみようとしたことあるんです。『眼《め》と精神』とか。ページめくっても目が滑ってなに一つ頭に入ってこなかった。あはは、いつかちゃんと哲学とか学んでみたいなあ。大学とか行けばよかったですね」

　大学に入学しなかったこと、わたしの数少ない「自我」だ。レールから外れてみたかった。兄はそれなりの大学を出て、それなりの会社に入って、それなりの女性と結婚した。お父さんとお母さんはよく知らないけど、子供二人育てられたくらいにはまとも。そんな当たり前の日常から抜け出したくて進路を決めずに家を飛び出した。結果、何者にもなれないまま管《くだ》を巻く底辺フリーターの誕生ってわけ。

「わたしも大学とか行ってないよ。高校も行ってない」

「えっ！　そうなんですね」

「うん」

「意外でした」

「そうかな。それとね、哲学の語源ってフィロソフィアって呼ぶんだけど、フィロソフィアは知を愛するって意味だから、元の言葉に学ぶって意味はないんだ」

「へー、知らなかったです！」

なんてバカ丸出しの相槌《あいづち》を打つんだわたしは。

「だから、学ばなくたっていいんだと思ってる。代わりに、いろんなことをたくさん愛してあげてね」

そう言って彼女は立ち上がる。天井のスピーカーからは『蛍の光』が流れて、閉店間際まで居残った客たちの退店を願っている。あんなに豪華な光を放っていたメリーゴーランドからもライトが消えて、あめちゃんの相貌《そうぼう》に影が落ちる。なんだか夢みたいなひとときだった。考えるべきことが多すぎる。この蜘蛛みたいに危うい生物から与えられた刺激をひたすら脳髄《のうずい》に反芻《はんすう》した。

「わーっすごかったぁ！」

自室に帰ってさっそくベッドの上に転がる。すごかった。疲れた。多くのことがあった。このままふわっとした夢見心地な気持ちを抱いて眠りに落ちたいけど、化粧を落としてお風呂に入らないといけない。このように現実はひどくつまらない作業の連続でできている。

洗面台ですっかりくたびれた平凡少女の顔を洗っていると、母親からＪＩＮＥが届いた。「かな、元気にしてる？　野菜送ってあげたいけど必要？」……なんて、なんてありがちな「親」すぎる連絡なんだ。一ミリの捻《ひね》りも驚きもない。知らないけど、きっとあめちゃんは両親とも異常な関係でいるんだろう。中卒って言ってたし。こんなに普通じゃ実家を飛び出した意味がない！

でも、今夜だけは特別。なんとＪＩＮＥの連絡先にあめちゃんが追加されたのだ！　別れ際に勇気を振り絞って連絡先を交換した。まだ一度もメッセージを送っていないし、社交辞令でしかない縁だからこのまま永久に連絡することはないかもしれないけど、わたしの連絡先一覧には浮世離れした美少女がいる。それだけで、いいんだ。

「ああああー、がんばんないとなぁ、わたし！」

お母さんへの返信は明日にしよう。おやすみなさい。深夜になってもタイムラインであーだこーだ呟いているオタクたちも良い夢見ようね。

――ジェルばんは！　みんなのインターネットエンジェル、超てんちゃんだよ！　よーし、おまえらのお悩みでも聞いてやりますかっと。スパチャしてくれた子だけね！　なになに……「わたしも大人になったら超てんちゃんみたいな人気者になれますか？」だって。かわいいお悩みだね。わたしくらいの大天使になるのは相当な努力が必要だよ！　だから無責任に「なれるよ」って言ってあげられないんだ。ごめんね。自分が望んだ姿になれた人なんてこの世界のごくごく僅かしかいないよ。だけどね、その○・○○○○一％の分の悪い賭《か》けに挑戦した者にしか、奇跡はやってこないんだ。忘れないでね。†昇天†

どんなに夢みたいな一夜を過ごしたとて、朝を迎えたらただの底辺アルバイターだ。まちがっても舞台に躍り出る役どころじゃない。

わたしが働いているのは渋谷《しぶや》にあるコールセンター。なんかでっかいビルのワンフロア。ビルの中は首輪のように社員証をぶら下げたサラリーマンばかりで怖い。いったいこの人たちの何割が仕事にやりがいを感じていて、何割がお金や社会的立ち位置のためにイヤイヤ働いているのだろう。わたしも将来、後者になるのかな。それはイヤだな。文学的に書くと厭《いや》だな。想像すると今すぐ死んでやりたくなる。でもそんな度胸や勇気もないので、なし崩し的に小さな会社に低賃金を嘆きながら出勤するのでしょう。根本的には自分が無能な事実を棚に上げ、貧困を武器にぽけったーで社会と闘い始めるのだ。かなしい、かなしい。

　コールセンターにやりがいなんて一ミリも感じていない。昼のわりに時給がちょっといいだけ。世論調査がどうこうで全国のおじいちゃん・おばあちゃんにひたすら電話をかけ、いきなり支持政党を聞き出すだけの仕事。たいてい怪しまれて即切りされる。たまに怒鳴《どな》られたりもする。そりゃそうだ。切られたらまたすぐに別の世帯に電話がかかり始めるので、相手が取ったら指示通りのメッセージで質問を開始する。それを終業時刻まで繰り返す。やりがいどころか、のんびりしている老人たちの貴重な時間を奪っていることに罪悪感すら覚える。底辺は他人の役に立つことすらできない。ちなみにコンビニバイトは複雑すぎて一瞬で逃げた。無理。

　地獄みたいな業務が一息ついて、お昼の休憩時間。こんなバイトをしている人たちにお金があるわけもなく、ビルに併設された売店で買ったうっすいパンと無料のウォーターサーバーで優雅なランチタイム。みんな目が死んでいる。

　と思ったら、一人だけいつも妙にテンションの高い、のっぺりとした巨体の男が前に座って話しかけてきた。この人は、たまにこうして話しかけてくる同僚。苗字すら覚えていない。前に訊いたら三十八歳くらいだった気がする変な男。絶妙にツルッとした童顔と緑単色のシャツ、色褪《いろあ》せたジーパン、一目で「あっ」と察してしまう男。

「いやー、今日も疲れるねぇ。そういえば、かなちゃん大学行ってないんだよね。あのさ、誰でも絶対有名大学に裏口入学できるヤバい方法教えてあげよっか？」

男の話はいつもこんな調子。小学生？　と勘違いしてしまうが、れっきとしたアラフォー。この人はアルバイトではなくて派遣社員らしく、一応この場ではワンランク上であることを活《い》かして、わたしのような大人しめの新人とコミュニケーションを取ってくる。はっきり言って邪魔以外の何物でもないんだけれど、この人の生きがいは新人相手に威張れる僅かな休憩時間にしか無いと思うとちょっぴり同情する。

「そんなものあるんですねー。たとえばどうやるんですかー？」

「うーん、それはねぇ。そう簡単には教えられないかな。だって東大にだって入れるんだよ。少なくとも百万円はもらわないとわりに合わないかな。だって東大を卒業して就職したら百万円なんて雀《すずめ》の涙だろ？　ごめんなぁ。いたずらに社会のバランスは崩せないから（笑）」

「そーなんですねぇ」

この男の話のパターンは、九割がネットのなにかに影響された裏情報だ。この前は「スマホ一つで寝転がって毎週十万生み出す方法を考えだしちゃってさ～」から話が始まった。じゃあ自分でそれを実践すれば派遣社員しなくて済むだろって思うけど。たぶん子供の頃にゲームやパソコンの裏技を見つけた興奮が忘れられないんじゃないかと睨んでいる。友達の前で裏技を披露してギャーギャー盛り上がったり褒められたりした思い出より嬉しかったことがなかったんだ。だから、こうして今日もネットで拾った裏情報を他人に授けてあげようとする。この人の中では、これが全てなんだ。

「オレの時代は、スマホ乗り換えのＭＮＰってやつだけで月三十万稼げたんだけどさ～。あっ、今は複垢《ふくアカ》で化粧品の試供品を大量にもらって、それを転売して儲《もう》ける作戦を思いついて～」

「そーなんですねぇ」

そのうち休憩時間が終わるので、わたしはまたお茶の間のおじいちゃん・おばあちゃんに電話をかけまくって煙たがられていく。ダメ人間の精神はこうして磨耗し、いずれ大爆発してリアルかネットで恥を晒す。その時はさすがに羞恥心《しゅうちしん》で自殺できるかなぁ。

もし何者にもなれないどころか爆発からの挫折《ざせつ》で成長するチャンスすら手に入らないまま大人になったら、わたしもアルバイト相手に威張り散らかす派遣社員になっちゃうんだ。


夜、帰宅。

ようやく世間の迷惑になるお仕事が終わった。時給千三百円×八時間で一万四百円。魂を穢してまで一日社会に媚《こび》を売って得た価値が、一万円札一枚と小銭。これが、かなの客観的な評価。大卒のエリート営業マンなら二時間で稼げたり、今をときめくパパ活女子なら一回の食事で稼げるような、そんな値段。でも、紛《まが》うことなき自分の力で手に入れた大事なお金。

「変な男に粘着されているのにあっさり帰れたな」って思う人もいるかもしれない。けれど、あの人はむしろ就業時間が終わると即帰宅するタイプなんだよね。家でインターネットなりゲームなりする時間を最も大切にしているんだと思う。わたしとの（一方的な）会話は、仕事中にそれらを満足にできないから代替品として利用しているだけ。仕事を通さなかったら、異性を遊びに誘う勇気なんて持ってないよ。

……そう考えると、案外と無害で悪いやつじゃないのかも。ただ生き方がとんでもなく不器用なだけで。一アルバイターが考えたってどうにもならないことだけど。自分だってぜんぜん器用じゃないんだし。

気晴らしにネットを開くと、今夜も超てんちゃんがライブ配信を行っていた。彼女のトークに応じた喜怒哀楽に合わせて、水色とピンクのかわいらしい色合いをしたツインテールと三つも連なったリボンがゆらゆら揺れる。こんな過剰にキャラクターすぎる格好、わたしは一生できないのかな。二次元の女の子みたいにたくさんの人間から寵愛《ちょうあい》を受ける存在にたどり着くことはないのかな。

水を飲むだけで、くしゃみをするだけで、コメント欄は「かわいい」「ありがとう」「たすかる」の濁流。一挙手一投足が感謝に繋がるありがたいインターネットの天使さま。神や仏だってくしゃみしただけでは崇《あが》められない。信仰の度合いで言えばもはや宗教を超えている。飛び交うスーパーチャットと呼ばれる投げ銭の量だって、神社やお寺よりも多いよ。トップ配信者は一晩で何百万も稼ぐ。プラットフォームに三割取られて、事務所所属ならそこから半分持っていかれるとしても、たった数時間で何十万何百万の額がオタクから貢がれる。無宗教の日本が到達した、新たな社会の「救い」。刺激的だったり顔が良かったりする偶像（アイドル）を信仰する（推す）ことで救済され、この腐った現代での日々を楽しく過ごすことができる。

　頭ごなしに否定するわけじゃない。けど、やっぱりびっくりする。自分自身が高みに昇る僅かな可能性を諦めて、稼いだ貯金（魂）をスパチャによって推しの血肉に変え、推しがどんどん活躍していく様子を己の魂と重ねて達成感や喜びを得る。ある意味、合理的で効率的。たとえば現在資格なしフリーターのわたしが社会的成功を収める可能性より、貢いだ推しが武道館でライブしてくれる確率の方が何倍もあるんだから。

うーん、やっぱり超てんちゃんもたくさん病んじゃうときあるけど、立ち直るのに大事なのは自己肯定感かなって思ってるよ！　もちろん自分で自分を褒めて肯定してあげるのもいいけど、人って他者から認められた時……肯定された瞬間が一番自分を信じてやれると思うんだ。他者があって初めて自己があるんだからね。情けは人のためならずって言うじゃん？　他人に優しくするのは相手じゃなくて自分のためだよーって意味なんだけど、これわたしも同じこと実感してる。他人に優しくしてさ、褒められたり感謝されたりしたら、こんなダメダメエンジェルな超てんちゃんでも生きてていいんだ！　誰かの役に立てたんだ！　ってうれしくなるからね。人間は誰かに認められないと孤独で死んじゃう生き物なんだよ。だからわたしが配信をしてオタクを喜ばせてやっているのも、ある意味自分のためでもあるんだ。おまえらのコメント一つ一つが超てんちゃんの自己肯定感に繋がっているからね。おまえらがインターネットエンジェルに救われるたび、わたしも同じく救われているんだよ。あはっ、良いこと言ったんだからスパチャどんどん投げろよ！　そうしたらもっと自己肯定感上がって、承認欲求も満たされて、もっと最高の配信してやるからなっ！　オタク、愛してるよ。　†昇天†

コメント欄がスパチャと「†昇天†」で氾濫《はんらん》していく。みんなでタイミング揃《そろ》えて決まり文句を書き込む一体感って爽快《そうかい》だろうな。コミュニティへの所属欲も感じちゃったりするんだ。こいつらいま幸せだろうな。わたしも「†昇天†」コメしたら気持ちよくなれる？　これが宗教への入信の第一歩だからやめておこう。うん。でも、こうして全てに一歩引いて輝いているなにかを信頼する心すら失っていったら、なにが楽しくて生きているかわかんないな。すぐファンを「信者」って呼んで賢《さか》しらに振る舞うのも愚者なんでしょう。わかってるけど、難しいよ。誰かを純粋に好きになるには、平凡少女かなちゃみは陰湿なインターネットに汚されすぎた。

　さて、こういう時はぽけったーを開いて、タイムラインのバカたちを眺めるぞ。わたしと同じ浅ましい若者たち。今夜もたくさんネットのゴシップで騒いで、無限に流れてくる使い古されたネタ画像に笑って、エコーチェンバーで怒りを増幅させたり、無関係の誰かを見下して安心感を得たり、身内を過剰に貶《けな》したり褒めたりして、歪《いびつ》なＳＮＳライフをエンジョイするのだ！　はやく死にたいね。

まずは、留年モンキーの呟きが流れてきた。

「チー牛軍団登場!!!」という本文とともにシーシャ屋に居る画像が添付されている。これは「オタクなのにこんなオシャレな場所にも来れちゃう俺様」といった意味に翻訳できる。キモオタを意味するネットスラング「チー牛」を自称することで、「こんなオシャレなお前がチー牛なわけないだろ！」とツッコミも待ちで。彼の脳内では、この投稿によってタイムラインのキモオタたちを牽制しているんだね。ホンモノのセンスがある豊かな感性の持ち主が、こんな小汚い文章と写真で満足するわけないだろうに。

それにしても大学生は驚くくらいにシーシャ（水タバコ）とアルコールが大好きだ。成人になって解放されたアイテムによって大人の自分、反社会的な自分をアピールしたくて仕方ない。不健康をアクセサリーにして他人と差をつけたい。すごいね！

次は、終末時計くんの呟き。いつも天の上からわたしたちのような大衆へ本質を授けてくれるありがたい文章群を拝読させてもらいます。

「いまのネット民はインフルエンサーに踊らされすぎだ。人気者の彼ら彼女らが言うことなら、エビデンスもなしに無条件で信じてしまう。このままだと日本は知能を正しく使えない人々によって堕落の一途をたどるだろうね」

「最近の文学界は本当にレベルが落ちたな。令和に入ってからは、特に過去の作品たちを換骨奪胎し損ねた出来の悪いパロディーしか生まれていないよ。これでは批評する方も気合いが入らなくて当然だ」

「人間がＡＩに勝る点は次々と失われていくだろうね。はっきり言って、ＡＩが創造するプロットやイラストの方が魅力的になる時代がくる。作り手たちがネットに媚びただけのメッセージ性を欠いた駄作を量産してきたツケが回ってきたのだろう」

　うんうん。世間で目立っているインフルエンサーを仮想敵にしてしまえば、アナタと同じく有名人が憎くて憎くてたまらないフォロワーが味方してくれるから楽だよね。まるで自分の意見は、世のインフルエンサー様と違って高尚で正しいと言わんばかりだけど、いったいアナタがなにを成したから得た知見なの？　まさか、こんなにたくさんの人々に喧嘩《けんか》を売っているのに、「偉そうな発言は本人の実績なくして説得力は生まれない」なんてことを理解できてないわけないよね？　もしそんなことも気づかず放言しているだけなら、アナタが敵視するインフルエンサー様よりバカなんじゃないかな。

　まずは、その大気圏を突破している高すぎる視点から見える景色を、ちゃんと「作品」の形にして発表してほしいな。きっと彼が見下しているネット民からは想像もつかないたいへん先進的で後世に評価されるべき名作が生まれることでしょう。

　お次は、モテモテミサイルマン。童貞くさい。

「彼女がほしいって言うより人肌を感じたいだけ、切実に」

「流行りの音楽しか聴かない女ってなんでこんなに頭悪そうなんだ？　ボカロに温かみなんてないだろ」

「オレもTikTok入れて歌舞伎町《かぶきちょう》で踊ったら女からＤＭくるかなー」

「タイムラインに流れてきた自撮りを見て、顔が整って生まれてよかったですね～って言ってる。今の子ってこんなんが好きなんだ」

　コイツは単純にアレだな。あと数年もすれば、「異常独身男性」とか「弱者男性」を自称して、みるみるうちに異性や一般人への恨みしか投稿しなくなっていくんだろうな。ていうか、こんなに「モテたい」を表現変えて言っているだけのアカウントから好意的なリプライきて喜ぶ女性がいると勘違いしているのが怖いよ。SNS上なんて形だけでも取《と》り繕《つくろ》う方法が無限にあるでしょ。それに人間は顔だけ見ているわけじゃないんだから、魅力的になりたいなら生産的な行動をすればいいって発想がでてこないのか。行動力や創作物が人気でモテている人もごまんと居ることに気づいて。そのままだと自分がいちばん他人を顔でしか判断していないのがバレちゃうよ。アナタが日々揶揄《やゆ》している若い女よりルッキズムに囚《とら》われちゃってるって。


　さて、キョーヤの投稿はどうかな。黒部恭弥、このペンネームでそのままプロになるつもりなんだろうか。

　なんだろうな。いや、これはもう逆にいいな。この率直さが武器だよ。他人の呟き一つ一つに難癖《なんくせ》つけるよりも、己が信じるかっこいいモノに一直線で正解だよ。本当に。

「ＪＫたちが初音《はつね》ミクの実在性について語り合う漫画です（１／８）」

相変わらず、ほぼ描いた漫画を投稿するだけのアカウントでクール。八個に連なるリプライツリーに三十ページの漫画を一気に投稿。いいじゃん。描いた内容もインディーだから可能な素人の手探り感が若者の心を摑《つか》みそうだよね。まだまだ画力とコマ割りに難は感じるし、なにより「ＪＫ」ってわかりやすくて使い古された記号を利用したことは減点対象かなー。案の定、この会話なら女子高生に設定する必要性ないし。とりあえず女の子二人を喧嘩させて仲直りさせたら、簡単に読者が「百合尊い」と評価を甘くするのを狙っているでしょ。まずは、そこから脱却しないと一皮剝《む》けないね。

って、なんでわたしはこんな評論家目線なんだ。変に斜に構えなければ、ぜんぜん面白い漫画じゃん。身内が褒められていると悔しいから、無理やり粗探《あらさが》ししているだけ……これは批評でも感想ですらもなくて嫉妬でしかない。クソダサいなー自分。これを口に出したり投稿したりしないぶんギリギリでマシか。みんな心の中ってこんなもんだよね？　だよね？　わたしだけが特別性格悪い……とかじゃないよね？　ねっ？

　最後は、るり姫てゃん。顔のいい女。

「会える屋さんインしたお～」

　端的だ。会える屋さん、つまりはコンカフェ。「コンカフェ」って響きがなんだか重々しくて胡散臭《うさんくさ》くなってきたから、界隈《かいわい》の子たちがかわいらしい方向に修正するため生み出した独自言語。実際、「会える屋さん」の間の抜けた響きはちょっとかわいい。「イン」ってネットっぽい単語や「たお」の語尾でゆるく自然にＳＮＳウケした抜け感を演出。もちろん会える屋さん特有のヒラヒラした制服での自撮りも忘れずに。営業と承認が組み合わさった現代らしい生き方。

　そうだ、るり姫てゃんに会いに行こう。彼女はわたしたちの集まりの中でいちばん現実と接しているし、前回のオフ会での失態を取り返したい。彼女とは仲良くしたいし、もっと知りたい。知ってもらいたい。

こうしてタイムラインに流れてくる呟きに冷笑したり苛立《いらだ》ったりしているだけだと人生が終わる。ジメッとした人間は他人の発言に必ず文句をつけるようプログラミングされていて、そのせいで性格の悪さと鬱《うつ》が加速する。改善策として、スマートフォンから離れて現実を生きる他ない。今日のバイト代を彼女とのコミュニケーションの代金にしよう。そうしよう。

じゃないと、こんな薄暗い部屋に独りきりで狂っちゃうもの。

若者たちの欲望と性欲が渦巻く街、歌舞伎町。

さっきは顔面至上主義な人たちを批判したけれど、この街は顔さえよければ本当にすべてが許されるイカれた空間。「多様性」が謳われるほど、旧来の画一的な価値観が輝やく街。美男美女たちが日々僅かでも他者よりカッコいい／かわいい自分で在り続けるため努力と金儲《かねもう》けを繰り返す。ここでは「人間は顔じゃない」といった綺麗事《きれいごと》の価値観は通用しない。

ギラギラのネオンライトに包まれ、不夜城の人混《ひとご》みを進む。昔観た『エンター・ザ・ボイド』って映画の舞台が歌舞伎町だった。サイケデリックな作品で、登場人物はだいたいヤク中。ぜんぶ主人公のＦＰＳ視点で画面が構成されていて、でもってガンギマリな彼の視点なものだから、つねにライトが眩《まばゆ》く煌《きら》めいて綺麗なんだ。人間の欲望のために光っているだけなのに、若い男女の生命を吸い取って発光する妖《あや》しい光なのに、綺麗なものは綺麗なの。

　入り口を抜けてちょっと歩くとトー横キッズの集合場所がある。トー横キッズと言っても、どんどん彼ら彼女らの溜《た》まり場《ば》は規制されていくから、今では路《みち》の端《はし》っこに数人座り込んでいるだけ。ニュースになって大人から怒られたりネット民から笑い者にされるたび、キッズたちの逃げ場は狭くなる。じゃああぶれた人たちはどこへ行くんだろう？

　さらに進むと、柵《さく》に囲まれた公園が見えてきて、そこでは「交渉待ち」の女の子が横並びで待機している。その向かいには彼女たちを「買う」ために吟味しているおっさんたちの姿。好みの女の子が並んだらおっさんが声をかけ、「交渉」して金額が決まったら近くのホテルに入ってコトを済ませる。一瞬で数万円を手にした女の子は、また公園前に並び、再び脂ぎったおっさんたちから好奇の目で品定めされることとなる。

歌舞伎町の中でもトップクラスに異常な場所。交番だってすぐ近くなのに、明確な違法性がないから取り締まりもできない。それができるのは、彼女たちが未成年だった場合のみ。すごいことだ。

彼女たちにインタビューする動画を観たことがある。たいてい彼女たちはホストに恋していて、担当へ貢ぐためにおっさんに身体を売っている。つまり……、

社会↓会社↓おっさん↓援交少女↓ホスト

で、経済が循環しているんだ。それが良いか悪いかを判断するつもりはない。わたしには関係ないし……。ただ、中には「自分に値段がつくこと」がそもそも嬉しい少女も居て、たとえ相手がおっさんでも自分に価値を感じてくれた事実で満たされるっぽい。きっと、本来承認してくれるはずの家族や友達に愛されなかったんだ。それは悲しいことだ。それもわたしには関係ないけど。彼女たちだって無関係の人に同情されたくないだろうしね。でも、もしわたしの前にそういう少女が居たら、その時はち

ょっとくらい優しくするだろう。そういうものだよね。

さらに奥へ行くとバッティングセンターがある。こんな街なのにここだけ爽《さわ》やか。ストレス解消にホームランを打つ人たちのカキーンの音が、周囲のラブホテル内でも聴こえてくるらしい。行為に耽っている最中に気持ちのいい打球音が轟《とどろ》く様子を想像するとなんだか笑える。そんなバッセンの近くのビルで、るり姫てゃんがお給仕するコンカフェが絶賛営業中。金土日は朝五時まで開けてくれているから、孤独な夜に耐えきれなくなったオタクに優しい。

会える屋さんへ入店。

『みらくる☆みゅーてぃれーしょん』と名乗るこのコンセプトカフェは、店名通りキャトルミューティレーションがコンセプトで、キャストの女の子たちは美少女宇宙人、客のオタクは謎の円盤に拉致《らち》された哀れな家畜といった設定。しかし美少女宇宙人たちは意外にも人類へ友好的であり、「みらくる」と呼ばれる人間の生命エネルギー（＝お金）を支払えば、そのぶん宇宙のことについてたっぷりお話ししてくれる。

ちょっとひねりがあって面白いが、こんな建前を守っている者はキャストにもオタクにも居ない。いちおう宇宙をイメージした紫が基調のキラキラした制服が人気。どうやら制服の可愛さはそのままキャストのやる気に直結するらしく、嬢目線ではコンカフェ選びの中でも最重要項目らしい。

気になるお値段だけれども、まず一時間毎《ごと》に「８００みらくる」発生する。みらくる。直接「円」と言っちゃうと世界観が崩れて可愛くないから言い換えているだけで、要は八百円。そのうえでドリンクも一時間毎に必ず一本は頼まなければならず、それもだいたい８００みらくる。つまり最安値で一時間１６００みらくるあれば事足りる。が、ここからがポイントで、自分の席の前について会話してくれる美少女宇宙人は、だいたい十分くらいで入れ替わってしまう。せっかく話が盛り上がってきたのに！　と、「もっと話したい!!!」と願ってしまった場合、彼女たちが飲む用のドリンク「キャストドリンク」を頼む必要がある。キャストドリンクもだいたい８００みらくる。そうすることで特定の宇宙人との会話が十分くらい延長される。

もちろん、ここでさらに高いドリンクや２００００みらくるのシャンパンを注文したりすると、もっともっと長くお話ししてくれるうえ目に見えて態度も変わる。宇宙人も現金なものだね。

あと一緒に写真を撮れるサービス（自分なんかの姿を映したくなければキャストだけでもいい）「チェキ」も別途みらくるがかかる。せっかく美少女宇宙人と遭えたのだから、想《おも》い出《で》を残さなくちゃね。わたしはチェキはいいかな。
という感じなので、キャストに惚《ほ》れ込《こ》んで沼っちゃったら無限にみらくるがお酒代になっちゃうけれど、適度に遊ぶなら「推し」に貢いだとしても一時間三千円前後。キャバクラに比べたらずいぶんリーズナブルなものだし、キャバ嬢よりも女の子がガツガツしていないから、みんな夜が寂しい昨今では流行の兆《きざ》しにある。って、インターネットの人たちが解説していました。

扉を開くと、宇宙柄の制服に身を包んだ美少女たちが「おかえりなさ～い♡」と大はしゃぎ。「女の子きたー♡♡♡」「え～かわいいじゃん♡♡♡」とキャストの間で盛り上がってくれる。キャバクラと違って身内と競い合う必要性が薄いから、同僚同士が仲良いところも特徴。最悪、自分が話さなくとも美少女同士がきゃっきゃしている様子が眺められたら満足な人もいるのだろう。要は、孤独じゃなければいいんだから。

　エイリアンの一人に案内され、カウンター席へ座る。店内BGMはDECO*27。人気店だけあって平日夜でもまあまあ混《こ》んでいて、そのうち四割くらいが女性客。いま、かわいい女子がかわいいコンカフェ嬢へ会いに行く現象が増加しているっぽい。友達よりも気軽に、異性よりも安価にお話しできる「顔が良くて自分にやさしい女の子」は、現代社会への怨《うら》みつらみですり減った心のスキマをすーっと埋めてくれる。今夜のかなもそんな寂しい女の一人。

「誰に会いに来たの～？」と訊かれたので「るり姫てゃんが知り合いなんです」と返すと、美少女宇宙人は「あー!!!　るりちゃんのお友達なの～？　わたし、るりちゃんの顔だいすき♡」と大興奮。わたしもつねにこのテンションで生きたいな。「るりちゃん大人気だから、ちょっと待っていてね」と促《うなが》され、るり姫てゃんの様子を確認すると、いかにも禿《は》げたおじさんの席の前で笑顔を振りまきながら大トロを頬張《ほおば》っていた。

　このお店は１０００みらくる支払うことで食事の持ち込みができる。きっと、あのおじさんは推しのるり姫てゃんを喜ばせるために高級寿司《すし》セットを用意してきたのだろう。気持ちはわかるけれど、コンカフェのテーブルに高そうな寿司をばっと広げる姿は正直怖いし、どんな好物だって下心のあるおじさんと食べないといけないのはつらいはず。実際、時折「ありがと～」と大袈裟に喜びつつも、るり姫てゃんはできる限りお寿司に手を付けていない。彼女の相槌に気を良くしたおじさんがシャンパンも注文する。『萌え萌え☆宇宙シャンパン』二万円。ラベルにるり姫てゃんの顔が印刷されており、たぶん注文されると本人に大きなバックがある。給料が増えるのだから彼女はさらに喜ぶし、その笑顔に満足したおじさんの飲酒と食事もすすむ。こうしておじさんにとって何でもなかったはずの夜が「推しに直接貢いで共に過ごした」一大イベントとなって、歌舞伎町の夜を彩《いろど》っていく。

「るり姫てゃん、いま楽しんでるから後でね～」と目の前のキャストが笑う。名札によると「山田《やまだ》たん」という子らしい。「わたしでごめんねっ。山田たんです♡」と名乗った彼女とのコミュニケーションが始まる。店内BGMがいよわに変わった。わたしはやっぱり『水死体にもどらないで』がいちばん好きだな。

山田たんがドリンクを運んできて席の前に立つ。キャバクラとは違って、営業形態的にキャストが隣に座るのは違法らしい。なので（一応）客との距離感が保《たも》たれ易《やす》いってわけだね。そんなことガン無視で営業して摘発されるところもたまにある。夜の街は怖い。

さて、席の前に女の子がついてくれたのだから、なにか喋らなければ。金銭《みらくる》が発生している分、キャストも「会話に乗る」必然性があるので比較的雑談が楽だ。冗談抜きでコミュ障の改善に一役買っている施設ではないだろうか。

会話デッキを組み立てよう。第一に相手の容姿。これは安牌《あんパイ》中の安牌。若さと容姿が売りのコンカフェ勤務なのだから見た目を気にしているに決まっている。なので、まずは相手の髪型や顔を褒める。これはあらゆる場面で役に立つ手法だ。社交辞令ではいけない。本当に「良いな」と思った部分を声に出そう。実践開始。

「いいですね、そのくるっと巻いた髪。わたしあんまりヘアアイロン得意じゃないから羨ましいです」

「でしょーっ！　これ出勤のたびに頑張ってんだよ。うれし～!!　そのさらっとした黒髪もサイコーだよ！　あっ、お名前訊いてなかったね。教えて教えて！」

　ありがとう。全人類がこのテンションで返してくれると世の中もっと楽しいのにね。金銭《みらくる》が発生していない時の彼女たちの本性は知らないし、心の中では今も疲弊して泣いているかもだけど、この瞬間だけは「オタクに優しい美少女」で居てくれる。

「あっ、かなです。名前」

「かなちゃん、よろしくね～!!　改めて、わたし山田たん。ちゃんとたんまで入れて呼んでね～」

「山田たんさん、よろしくお願いします」

「山田たんさんって（笑）長いよっ！　かなちゃん天然かっ！」

　わかってボケた。これがコミュニケーションだ。この安心感を一時間三千円で買える空間。相手がツッコミどころを用意してくれたら反応する。円滑な会話の基本。次は、相手の興味がある話題で攻めていく。あえて「たん」などとオールドなネットスラングを名乗っているんだから、ある程度のオタク的トークテーマを持ち合わせているのだろう。そこを突く。っていうか、よく見たら名札に推しキャラのシール貼ってあるわ。

「それ、ヒロアカですよね。ジャンプ好きなんですか？」

「そう！　勤務中、疲れた時にそっと爆豪《ばくごう》くん眺めるの。カッコいいでしょ!!!　ジャンプも読んでるよ。けど、よくわかんない作品多いから、ヒロアカとワンピくらい」

「あー、呪術《じゅじゅつ》は読まないんですか？」

「最近の呪術難しいからわかんなくなっちゃった！　傑《すぐる》でないし！　でもアニメは観てるよ。あはっ」

　ちょうどいい。これがちょうどいい「初対面の若いオタクのとっかかり」なんだ。ここで深く踏み込んで、新連載の打ち切りレース予想とか、呪術廻戦《かいせん》がどこまでハンタを意識しつつ独自の面白さを展開しているかなどと変に拗らせてはいけない。ぽけったーに蔓延《はびこ》るネット議論やゴシップなんかも御法度《ごはっと》。サブカル知識でのマウントもダメ。これが「現実」なんだよ。

山田たんと漫画の話をしているうちに、次の女の子へ交代となった。「またね〜」とこちらへ手を振り、新しいお客さんのもとへ駆けていく山田たん。良い子だ。こんな時に、「ストレス解消用の彼氏とかいんのかな」なんて下衆《げす》なこと考えちゃう自分をミンチにして殺したくなる。良い子だったけど、キャストドリンクを頼んで会話を延長するには至らなかった。「良い子」なだけじゃダメなんだよな〜なんて、その実わたしがケチなだけなんだけど。

「こんばんみ！　わたし、舞《まい》。よろしく」

今度はギャルっぽい子だ。あまりオタク・サブカル要素は見出《みいだ》せない。こんな時こそ真にコミュニケーション能力が試される。手に汗握る緊張の瞬間……。店内ＢＧＭがぬゆりに変わった。

「こんばんは。あの、このお店ってボカロがずっと流れているんですか。わたし、この『プロトディスコ』って曲ちょっと好きなんです」

「あー。よくわかんないけどボカロと歌い手多めだね！　あんまり聴かないからよく知らないけど。曲流す当番の子の趣味じゃね？」

「なるほど」

「この曲のどういうとこ好きなん？」

「曲から感じる暗さとか寂しさですかね……歌詞に〝オリジナルの地獄に落ちて〟ってフレーズがあって、それがなんだか想像できるところが良いのかも」

「ふーん。よくわかんないけど、好きならいいね！」

なんてギャル度の高い反応なんだ。しかも良いギャル。相手《オタク》の言っていることは理解できなくとも好きなことは肯定はしてくれる。この子も人気あるだろうな。なぜか、こういう場所だと評価側に回ってしまう。

「舞さんはどんな曲を聴くんですか？」

「クラブで流れる感じのやつ。ＥＤＭってわかる？」

「あー、詳しくは知らないですけど。なんとなく」

「こんな感じ」

舞さんがスマホの画面を見せてくれる。けれども、二次元キャラクターや声優がジャケットに居ないと何一つわからない。恥ずかしい。

「機会があったら聴いてみますね。それより、このアプリなんですか？　Apple Music でも Spotify でもないやつ使ってるんだ」

「これ？　なんか無料でたくさん音楽聴けるやつ！」

「……え？　それって違法な感じですか？」

「かも！　でもサブスクで月に千円も払うのヤじゃん。わたし顎《あご》も整形したくて韓国《かんこく》行くからさ、お金貯《た》めたいし」

「そうなんですか。あはは、それは大変だ」

べつに遵法意識があるわけじゃないから注意する気もないけれど、こうも「原液」みたいなものを目の当たりにすると面食らう。でも、これもまた社会なんだよね。舞さんの穏《おだ》やかな人格的な余裕も、整形によって完成されたギャルらしい美貌《びぼう》のおかげもあるだろうし、そのためにサブスク代をケチるのも理に適《かな》っている。人間って難しいね。

「あっ、時間だ。わたし別のとこ行くけどゆっくりしてってね～」

舞さんがさっと離れる。悪い人じゃないんだけどね。ようやくおじさん寿司地獄から解放されたるり姫てゃんがこちらに気づく。コンカフェ嬢として太客中年オタクに愛嬌《あいきょう》を振《ふ》り撒《ま》き続ける。あれもオリジナルな地獄の一種なのかな。

　そうこうしているうちに、本日の指名。現代風に言えば「推し」がやってくる。

「かなちゃみ!?　遊びに来てくれたんだ！　ありがとねっ」

「あっ、はい。出勤の投稿してたから。ちょうどわたしも人と話したくて……この前は急に帰っちゃってすみません」

「いいよ、いいよ！　またあのメンバーでも飲もうね。でも、今夜は二人でたくさん話そっ」

「うん。るり姫てゃんも飲んでくれたら嬉しい」

「ほんと!?　じゃあキャスドリもらっちゃうね」

　山田たんも舞さんも良い子だったけれど、やっぱりドリンク入れるほど話したいのは気心知れたるり姫てゃんだ。さっきチラッとアカウントを確認したら、この三人の中でるり姫てゃんが最もフォロワーが多かった。数字がすべてじゃないけれど、人気の方なんだろう。店内ＢＧＭは電音部になった。

「かなちゃみ最近どう？」

「どうって言われると難しいけど……なんか漠然と満たされなさがあるかな。バイトとネットの繰り返しで、このままだとわたしどうなっちゃうのかなって。るり姫てゃんは最近なにしてる？」

「ネトフリ観てる！」

「そっか。たしかに難しいこと考えずに動画観ているのが一番良いかも。なに観ているの？」

「うーん、なにってわけじゃないけど。お客さんが勧めてくれたアニメやドラマを倍速でぼーっと垂れ流している感じ」

「え、あ、倍速。そっか」

　やばい。さっきの音楽を違法視聴と合わせて、僅かにあったわたしの真っ当なオタク精神が少しピキッてる。本来はそんなに真面目じゃないのに。ズンズンと心臓を刺激するようなテクノが店内に響く。

「倍速で観たら、あんまり意味とかわからなくない？」

「え～、別に面白そうなところだけ観れたらいいかな。なんか派手そうな時だけ画面みてる（笑）」

「あはは。そうだよね。そんなもんだよね」

　視聴の目的がちがうんだよ。こっちは作品を楽しむためで、向こうは他人と話を合わせるためなんだから。現代人としてあっちが正しいんだ。じゃないとネトフリ側だって倍速機能を実装しないんだし。ね。

「それで、ネトフリでいいものあった？」

「『ウェンズデー』観たよ。めちゃくちゃかわいかった！」

「それはちゃんと観た感じ？」

「ううん。それも飛ばし飛ばしでパパッと盛り上がってるとこだけかな。ウェンズデー以外がしゃべってる時はスキップしたな～。でも良かったよ。おすすめ!!!」

　ウェンズデー本人が最も嫌ってそうな視聴方法だ。なんだか予想外のズレに亀裂《きれつ》が生じてどっと疲れてきた。アルコールも回って、あまり冷静じゃないかも。

「じゃあ、るり姫ちゃんはわりと充実してるんだ？」

「うーん、そう言われると違うね〜。わたしも疲れることたくさんあるからさ。そりゃ大きな声では言えないけどココでもネットでもオタクの相手は大変だし。基本的にはみんな良い人だけどね。あと、店も店で売り上げのことはちょっとうるさくて。所詮バイトなのにね」

「コンカフェ好きだから働いてるの？」

「バイトにしては給料いいしね！　制服かわいいし。同僚もかわいい。かなちゃみみたいなかわいい子も来てくれるしね〜」

「コンカフェ辞めたらどうするの？」

「考えてない！　はちゃめちゃに人気な子はコスプレイヤーとかアイドルとかになったりするし、実力ある子はVの大手事務所に拾われたりしたなー。でも、わたしはそこまではムリ。それはわかってる」

「将来どうする？　自分もそれで悩んでいるから」

「でも大丈夫！　わたし二十五で死ぬって決めてるから！」

「え？」

予想外の返事に一瞬フリーズしてしまう。彼女の自殺願望や希死念慮に驚いたからではない。わたしはそこまでピュアじゃない。

「二十五まで好きに生きて、そこで死ぬの。ほら、カート・コバーンとかシド・ヴィシャスみたいに若いうちに自殺すれば得じゃ〜ん。カッコいいし」

こんな浅い思考が飛び出てきたことに動揺したんだ。

おまえ。本物のロックミュージシャンがどれだけ世間と自分の評価に苦しんだ上にドラッグや死を選択したのかわかっているのか。彼らの自殺が語り継がれているのは、そのありあまる才能と感性ゆえに起きた悲劇だからだろ。それを、ただのアクセサリーのように消費して。というか、絶対二十五歳になっても死なないだろ。二十五になっても「やっぱ三十歳くらいまでは生きるかも〜」ってなって、いつの間にかそれなりの男捕まえて結婚して家庭を築いているんだろ。おまえ……それは口にするとダサすぎるよ。

「そっか、太く短くってことだね。あはは、るり姫ちゃんはカッコいいなぁ」

「えへへー。そうかなぁ？」

限界だ。これ以上話していると爆発する。一旦《いったん》、お手洗いで席を立ち、それを機に「そろそろ帰ろっかな。また来るね！」と最低限の社会性を発揮して会計と退店を済ませる。山田たん・舞さん・るり姫てゃんの三人は「またあそぼうね～」とエレベーターまで見送ってくれる。こうしてわたしと美少女宇宙人たちとの接触は終わった。三十分のチャージ料＋ドリンク一本＋キャスドリ一本で、合計２４００みらくるが財布から出ていった。

静寂。

どうにか終電に飛び乗って帰宅。慣れないアルコールのせいで眠気が酷《ひど》く、服も着替えなければ化粧も落とさないまま二、三時間ほどベッドで寝落ちしていたみたい。

ふらっふらで記憶もところどころ抜け落ちているけれど、こうして無事にベッドまでは辿《たど》り着《つ》けたのだから帰巣本能ってやつの逞《たくま》しさを感じるね。

静かだ。まだ酔いが覚めきらない曖昧《あいまい》な頭でぽけったーを開けども、この時間のタイムラインはほとんど動かない。「居る人は居る」って時間帯だからこそいいんだけど。学業や仕事よりも不眠が勝った・または元から明日なんて先のこと考えていない人間だけが集まるボーナスタイム。この時間のインターネットは静かで好きだ。月の光にあてられて、みんなちょっぴりポエミーだったりぽろっと本音を漏らしたりするところが好きだ。けれども、やっぱりタイムラインを更新しようとも新たな呟きが出現しない寂しさはいかんともし難い。

　ぼやっと歌舞伎町での出来事を思い返し始めちゃうと、うっすらと涙が溢れた。ショックだった。みんな実はるり姫てゃんくらいの思考なんだろうか。どうせしぶとく生きていくのに、なんなら未来でも幸せになる気満々なのに、「年取ったら死ねばいい」なんて命を軽く考えすぎている。それは覚悟じゃなくて想像力の欠如じゃないか。

　いや、そんなこと限界フリーターのわたしが言えたことじゃないけどさ。どうあっても他人にとやかく説教できる身分じゃない。それでも自分が間違っていないことを自分が肯定してやらなければならない。こんな底辺な自分の「まともさ」を信じるという矛盾がつらくて、わたしは泣いたのかな。

　急に他人の声が聴きたくなった。元はと言えば誰かと話したくてコンカフェに向かったんだった。今は会話できる状態じゃないけど。この時間に「誰か話そ？」なんて構ってちゃんをして、下心まみれの男を呼び寄せることは簡単だ。そんな風に安易に承認欲求を満たす行為はしたくない。

　一方的に他人の声を聴いて気を紛《まぎ》らわせようと動画サイトを開いた。こんなド深夜にも拘《かか》わらず超てんちゃんが配信をしていた。彼女の人気ならばこの時間だってそれなりの視聴者数が集まるけれど、わたしは不覚にも「なんか、優しいな」と感じてしまった。

　本人がただ昼夜逆転しているだけかもしれない。でも、採算度外視でこの時間帯にもネットを彷徨《さまよ》う子羊たちを導いている様子には、温かみを覚えてしまう。まあ、そう見えること込みで敢えて深夜〜早朝を狙っているのかもだけどさ。月も沈んでうっとうしい太陽も昇っていない隙間《すきま》に挟まったネット民たちの寂しさを埋めてくれているのだから、素直に感謝しないといけないだろう。

他人の孤独を和らげてあげられる・わかってあげられる人こそ最もえらいのかも、なんて変に綺麗事に酔っちゃうのは、わたしの精神が弱っている証拠かな。

超てんちゃんが最近好きな曲？　おまえら他人にそういうこと訊くの好きだよね~。そんなに指標にするモノが欲しいの？　ま、いいけど。そうだねえ。わたし、この前初めてオアシス聴いたんだ。元からアナーキーなアーティストって惹かれちゃう。ヴィヴィアン・ウエストウッドさんが大好きだから、彼女がプロデュースしていたセックス・ピストルズも聴いていて、その流れでオアシスもいこうって思い立ったの。てか、ノエル・ギャラガーって名前カッコよすぎ！オアシスって、こんだけクスリだ暴言だ兄弟喧嘩だって世間をお騒がせしてきたんだから、どれだけぶっ飛んだロックでドラッギーな音楽作るんだろうってめちゃくちゃ期待したわけよ。それで代表曲の『Whatever』聴いたらさ、これがとんでもなく優しい曲だった!!!　綺麗なバイオリンの旋律に乗せてさ、澄んだ歌声で〝自由に生きようぜ　オレもおまえも好きにすればいい　何をしても何を言ってもいい　何もかも大丈夫だぜ〟って繰り返すの。ズルくない？　こんな良い曲聴いちゃったら、あーそうだよね、わたしたちって何にでもなれるよって励まされちゃうじゃん。それこそ実際にヤク中で手のつけられない暴《あば》れん坊《ぼう》だったギャラガー兄弟が、この歌声で労働者階級たちの希望の星になったみたいに。わたしたち、何にでもなれるんだよ。大丈夫。配信者なんて別角度から見たら、迷えるオタクたちからスパチャやグッズで金銭と時間を搾取している大悪党だよ。でも、みんなこんなに超てんちゃんのこと好きでしょ？　それは、わたしが自由に生きているからじゃん。この人について行きたいなってみんなが思ってくれているからで、だったらわたしの使命はみんなの分まで好きに生きることだよね。

たとえ天使が翼をもがれて地に堕《お》ちようとも、わたしは絶対に諦めないから。おまえらもわたしを……インターネットエンジェルを信じていてね。　†昇天†

　なんだよ。こんなの勝者側の言い分じゃん。オアシスは卓越した作曲能力があって、超てんちゃんは美貌とトーク能力と知識がある。だから「何にでもなれる」わけで、かなみたいに何も持っていない人間は。なんて言ったって仕方ない。オアシスはどんな不良で不健康な生活の中でも音楽を誰より愛していて、超てんちゃんも美容に気を配ったりネット受けする話題を必死に考えたり、そういうことに慣れたりして、要は努力してきたんだろう。それを本人たちは努力ではなく無意識に行っていたかもしれないけれど。わたしたちが居酒屋で他人や流行の作品への愚痴《ぐち》で管を巻いている間に、この人たちはギターの練習をしたり、本や映画で知識を吸収したりしている。

　本当は気づいている。

　彼ら彼女らも同じ人間だって。でも、なにかズルしているんじゃないかとか、悪者なんじゃないかって思い込まないと、ただ自分が努力していないことを察してしまう。だから、どうにか相手を「人間じゃないもの」と扱う。揚げ足取りや難癖をつけることすら出来ないなら、才能があるってことにしたり環境に恵まれたことにする。じゃないと、同じ人間なのにああなれないのは自分が怠惰なだけって認めざるを得ないから。

どうすればいい？　わたし、頑張ってきてない？　頑張ってないか。頑張ってないんだよなぁ。

なんだか情緒がぐちゃぐちゃになったので、電子の海へ言葉を放り出して感情を処理しよう。
「苦しさも悲しさもどうにかアルコールといっしょに流れていきますように」。投稿し終えたところで気づく。ああ、言語化するとなんて薄っぺらい言葉なんだ。「アルコール」っていう、若者が反応し易い刺激のある単語でポエミーな感情を誤魔化しているのもダサい。こんな一文に価値も意味も一片たりともない。それでも十数件のいいねがつき、ちょこっとだけＲＴもされる。モテミサもいいねしているな。本心で「いいね」なんて感じてないくせに。なんとなくわかったフリして、ただ異性の好感度を稼ごうって腹づもりなんだろう。こうやって浅く評価されるのもわたしが若い女なだけで、深夜のふわっとした呟きで承認を得ようとしちゃうのもわたしが凡人で弱者たる証拠だ。こんな数字に振り回されて満足も苦悩もしちゃいけない。

わかっている、わかっているけれど。だからって、すぐに行動や思考を改められるほど一般人は強くない。

「会ってくれて、ありがとうございます。あめちゃん」

教会に来ている。

「直接お話聞いてくれませんか？」とＪＩＮＥであめちゃんを誘った。彼女が待ち合わせ場所に指定したのは、大久保《おおくぼ》駅近くにある都内でも有数の巨大な教会だった。わたしたちが今腰掛けているベンチの真正面には厳《おごそ》かな礼拝堂があり、天井は大きく十字に切り取られた窓になっていた。イベントが無い日はがらんとしており、礼拝や見学をしにきた人たちがぽつぽつ入ってくる程度のようだ。ゲームセンターか教会のどちらかでぼんやりするのがあめちゃんのマイブームだそうな。オモシレー女（上から目線）。

「いいよ。ここ、一人でいると勧誘されたりするから、いっしょに居てくれると少し助かる」

「勧誘されるのはイヤなんですね」

「特定の宗教に入信するつもりはないかな。でも何かに祈っている人を見るのが好きだから、このベンチで礼拝者を眺めてる」

「なるほど」

「それで、かなちゃん、今日はどうしたの？」

こちらに話を振ってくれるけど、決して振り向かずに視線はじっと礼拝堂や十字形の天井を眺めている。よかった。おかげで目を合わせずに一方的に横顔を眺めていられるから。前髪で隠れた大きな瞳《ひとみ》がちらちら見えるたびに、まるで獲物をじっと待ち構えているあの蜘蛛のようでカッコいい。

「わたし、けっこう応援していた子がいて。推しとかではないんですが、フォローしている人がコンカフェで働いていて、身内の中ではいちばん活動的だから、この子なら将来なにかになれるんじゃないかって期待していて。そりゃ有名配信者とかアイドルは難しいかもだけど」

あめちゃんは無言でステンドグラスの輝きを眺め続ける。

「あっ、ここまで言って気づきました。わたしその子に自分の夢を重ねてしまっていたのかもですね、あはは」

　カウンセリングは、時として沈黙に徹するのも有効らしい。相手だけに喋らせて自分で答えを出してもらうために。

「……続けて」

「その子がこの前、二十五までには死ぬって言い出して。そんなこと言ったって絶対生き続けるに決まっているじゃないですか。急にそんな浅い発言をすることにビックリしちゃって。他人を浅いって何様だって感じですけど……とにかくショックだったんです。みんなこれくらい楽観視しているのかな。変に考えすぎて雁《がん》字《じ》搦《がら》めなのはわたしだけなのかと不安になって……やっぱり高卒のバカなのに物事を深く考えてしまう自分が賢しらで最も愚かなんだって。もうなんにもわからない。ああ、自分がちっぽけで情けない」

　語りながら目の端に涙が浮かぶのがわかって余計に情けない。こんな話、一度会っただけの他人にしたって仕方ないのに。自分がなにを期待しているのかすらわからない。誰かから赦《ゆる》されたい・認められたいのかも。神に祈りを捧《ささ》げる信者って同じ気持ち？

「悪人正機《あくにんしょうき》って知ってる？」

「……え？」

「浄土真宗にそういう思想があって、キリスト教の教会で仏教の話するのもアレだけれど。悪人正機ってつまりは仏様は悪人こそ救済してくれるって意味だね。この場合の善悪って解釈は難しいけれど、善人のことを〝自分を正しいと信じちゃっている人〟、悪人を〝自分の罪やどうしようもなさを理解して苦悩しながらも善人を目指そうとする人〟って言いたいんだと思う」

　こうも唐突に殴られると涙も引っ込む。あめちゃんは一切調子を崩さずに解説を続けようとした。すごく話し慣れている人だな。果たして今わたしは慰められているのだろうか？　それすらわからない。話の終着点が読めなくて、それがまた興味深いと感じている。

「ほとんどの人って、うっすら自分を善人だと思っているはずだよ。ある程度のルールを守っているだけ。凶悪な罪を犯していないだけで、自分を善側と認識して正しく生きていると思い込む。正義があるから、平気で他人を攻撃できる。インターネットで何かが炎上する。みんな一斉に攻撃するでしょ？　あれは自身を正義だと思い込まないと壊れてしまう凡人が、正しさに酔って気持ち良くなるためなんだよ」

「なんとなくわかります」

「ただルールを守っているだけ、叩かれるほど目立たないだけにすぎないのに。自分を棚に上げて他者のミスを攻撃する。こんな人間が善だなんてわたしは思わない。わたしが好きな人たちは、きっと人間の愚かさに苦しみながらそれでも何かを信じて生きていく芯《しん》があるから」

あめちゃんは一部のネット民になにか恨《うら》み辛《つら》みがあるのだろうか。わたしはそこまで考えていなかったけれど、むしろこう考えてしまうところが彼女が彼女たる所以《ゆえん》なのかもしれない。想像より不器用な人生なんだ。あめちゃんも、変なんだ。

「なにも信じるものがない、絶対の価値基準がない。なんとなく学校に通って、なんとなく勉強して、なんとなく就職する。けれど、それはずっと流されてきただけで、本当にやりたいこととも正しいこととも感じていない。その環境を正当化するために善側だと認識してどうにか取り繕う。ちゃんと信じるものがある人が怖いから、斜に構えて他人をバカにする。あれ見て」

　彼女が指差した先には、十字架へ向かって黙禱《もくとう》を捧げる礼拝者の姿があった。知識としては知っているけれど、こうして目の当たりにすると神聖な感覚を抱く。すぐに影響される自分の安さが悲しい。きれいだな。

「信仰だよ。あの人は神に対して誠実であることを善としているだろうね。でも、一般人は信仰心を揶揄するよ。理解できないものが怖くて論理的に振る舞いたいから。神なんかいないって言う方が神を信じるより百倍楽だもの」

「わたしも神とか仏ってよく考えたことありません」

「さっきも言ったけど、わたしも特定の宗教を信仰していない。重要なのはそこじゃなくて、かなちゃんは自分が善でないことに苦悩しているんだから、もし悪人正機の概念で考えるなら、仏様に救われるのはあなたの周りの人じゃなくてかなちゃんの方だろうね」

「あっ、なるほど」

ものすごく遠回しながら、あめちゃんはわたしを励まそうとしているんだ。途中で彼女の思想っていうか、一般人への偏見が色濃く出たからわかりづらかったけれど。それには素直に感謝するべきだ。不器用だけど、善い人だ。

「ありがとうございます。たしかに、思考停止して社会に馴染もうとするよりは、よくわからないことで悩んでいた方がマシな気もしてきました」

「そっちの方が人間らしいと思う」

「あめちゃんは、なにを信じて、善悪の価値基準にしているんですか？」

「どうだろう。ただ、そんな大衆たちでもほんのり持っている優しさ、温かさが好きで、それを信じてる」

「少しわかるかもしれません。みんな弱いからバカで間違えることも多いけれど、なんだかんだ優しいんですよね。わたしがオフ会で会った人たちも、ネットではすぐ調子に乗るけどリアルだと友達想《おも》いで。こんなわたしにも優しくするんです。だから嫌いにもなりきれない。みんながちゃんと良い人なのが余計に辛いんです。自分が惨めで」

日差しが強まり、天井から差し込んだ十字架形の光が聖堂を照らす。黙禱を捧げる信者たちの後ろ姿がキラキラ輝く。

「そう。嫌いになれないよね。わたしも、独りだったときにそういう優しさに救われちゃったから。だから次はわたしがそんなヤツらを救ってやる番なんだって思ってる。怖いよね、なんだかんだみんなが優しいこと。もっとジメジメして陰湿なヤツらだって見下したかったのに。あいつらバカだからすぐ調子に乗るだけで」

「それはわかります。けど、そんな誰も彼もを救う方法ってあるんですかね」

「ひとつだけあるよ」

初めてこちらへ振り向いて、あめちゃんはおもむろに立ち上がった。ステンドグラスから漏れる十字の光に包まれた彼女は、聖堂に飾られた巨大な翼の生えた石像を指差して、

——天使になるんだよ。

と微笑《ほほえ》んだ。

――超てんちゃんが蝶《ちょう》のように美しい理由？　そんなの簡単だよ。

わたしが毎日毎日、かわいくなるための努力を怠らなかったから。わたしを見下してきたアイツらが嫉妬で狂うくらい綺麗にならなきゃ。言葉にすると単純でしょ。これが全てだよ。かわいく、カッコよく生きる。それだけでいいのに、余計なこと考えるから遠回りしちゃうのさ。

芋虫だったんだよ、わたしも。斜に構えて、捻くれて、厭世的《えんせいてき》な生き方がカッコいいと信じて、毎晩ジメッとしたインターネットを練り歩いて陰湿さを喰らって肥える芋虫。そりゃバカにされて当然だよね。でも、芋虫って蛹《さなぎ》になった後に煌びやかな蝶々《ちょうちょう》として羽ばたくこともできるんだよ？　それに気づいたの。

僅かな可能性だよ。前も言ったけど〇・〇〇〇一％にも満たない。芋虫って繭になったらドロドロに溶けて形を失《な》くすの。そうじゃないと蝶になんて変態できないからね。失敗したら蛹のまま死んじゃうし。そんな薄い確率に賭けるなんて愚か者のすることだよな。

だったら、身の程を弁《わきま》えて芋虫のままが楽だよ。誰かが炎上したら、自分を棚に上げて叩いて騒いで気持ちよくなる。流行り物にはとりあえず難癖つけて通ぶる。ぽけったーで誰かの発言をコピーした〝意見のようなもの〟を投げて賢い気になる。そうして、時が来たら適当なところに就職したりして、それなりの人生を歩めばいい。楽な生き方でしょ？　それを選んだ人間たちは、空を舞う蝶を見上げて見惚《みと》れるか嫉妬するかしかできないけどね。または両方の感情が混じる。なにかのきっかけで蝶がフラフラしだしたら、すぐに石を投げて地上に堕とそうとするよ。醜悪で臭くて不快なことしかない、自分たちと同じネチョネチョした地面にね。だいたいの人間そんなもんさ。蛹になる覚悟なんて持たない方が賢明だよ。そうじゃない生き方、火傷《やけど》しないための処世術は無数にある。

けどね、蒼《あお》く綺麗な翅《はね》を広げて、あの大空を飛びたいんだよ、本当は誰だって。そいつらがどんなに手を伸ばしても、石を投げようとも、決して届かないくらい天高く昇っていくんだ。超てんちゃんは。

MRC（Mephisto Readers Club）をご存じですか？

本書をお買い求めいただき、ありがとうございます。

MRCはメフィスト賞を主催する講談社文芸第三出版部が運営する
「謎を愛する本好きのための会員制読書クラブ」です。
読者のみなさまに新たな読書体験をお届けしたいという思いから
「Mephisto Readers Club」は生まれました。
次ページより MRC の内容についてご紹介しておりますので、
よろしければご覧ください。

読書がお好きなあなたに、素敵な本との出会いがありますように。

MRC 編集部

3. 買う

MRC ホームページの「STORE」では、以下の商品販売を行っております。

MRC グッズ

本をたくさん持ち運べるトートバッグや、ミステリーカレンダーなど、
無料会員の方にもお求めいただける MRC グッズを販売しています。

オリジナルグッズ

綾辻行人さん「十角館マグカップ」や「時計館時計」、
森博嗣さん「欠伸軽便鉄道マグカップ」などを販売いたしました。
今後も作家や作品にちなんだグッズを有料会員限定で販売いたします。

サイン本

著者のサインと MRC スタンプいりのサイン本を、
有料会員限定で販売いたします。

4. 書く ←New ！

「NOVEL AI」

映画監督も使っている文章感情分析 AI「NOVEL AI」を、
有料会員の方は追加費用なしでご利用いただけます。
自分で書いた小説やプロットの特徴を可視化してみませんか？

1. 読む

会員限定小説誌「Mephisto」

綾辻行人さん、有栖川有栖さん、辻村深月さん、西尾維新さんほかの超人気作家、メフィスト賞受賞の新鋭が登場いたします。発売前の作品を特別号としてお届けすることも！

会員限定 HP

MRC HPの「READ」では、「Mephisto」最新号のほか、ここでしか読めない短編小説、評論家や作家による本の紹介などを読むことができます。

LINE

LINE 連携をしていただいた方には、編集部より「READ」の記事や様々なお知らせをお届けいたします。

AI 選書「美読倶楽部」

好きな文体を5回選択するとおすすめの本が表示される、AI による選書サービスです。

2. 参加する

オンラインイベント

作家と読者をつなぐトークイベントを開催しています。

〈これまでに登場した作家、漫画家の方々〉

青崎有吾、阿津川辰海、綾辻行人、有栖川有栖、五十嵐律人、河村拓哉、清原紘、呉勝浩、潮谷験、斜線堂有紀、白井智之、須藤古都離、竹本健治、辻村深月、似鳥鶏、法月綸太郎、方丈貴恵、薬丸岳、米澤穂信（敬称略、五十音順）

MRC大賞

年に一度、会員のみなさまに一番おすすめのミステリーを投票していただきます。

KODANSHA

すべての[illegible]が楽しめる有料会員
（年会費5500円【税込】、月会費550円【税込】）[illegible]
[illegible]

苦しかろう。体を蜘蛛が抱きしめて居るのだから

——谷崎潤一郎『刺青』

さて、またしてもオフ会。前回と同じメンバーで、前回と同じ安居酒屋。みんなの手には激安ハイボール。味なんて無に近い、大衆が気軽に現実世界を酔ってやり過ごすためだけの劣悪な液体。あめちゃんと見た教会を十字に切り裂いた青白い光と違って、この店の天井はチカチカと怪しく点滅する黄ばんだ剝《む》き出《だ》しの豆電球で構成されている。もわっとした暖色の周りを蛾《が》が彩る。

「最近の病み文化をかっこいいものと扱う雰囲気は愚の骨頂だと思うね。そんな誰でもできる安直な不健康がオシャレって短絡な低能たちによる最後の手段だろ？　第一、まともに生きている方が偉いに決まっているしね」

今夜も終末時計くんは絶好調だ。大気圏の向こう側から我々の棲《す》む地球を俯瞰《ふかん》してありがたい意見を人類に送信してくれている。そこへベロベロになったモテモテミサイルマンが乗っかる。

「やっぱり女って単純だよな！　なんでアイツらって女を殴ってそうなアホ男に惹かれるんだ？　ちょっと陰のある男見たらすぐ発情するじゃん」

　お前なんか女のアカウントを見た瞬間に発情するだろ。と思いつつ、言葉は悪いけれど半分は合っている。悲劇のヒロイン症候群、不幸な自分への快感と、あとシンプルに恋は盲目だからだろうか。いやでも、やっぱりモテミサには言われたくないだろう。彼はすっかり安酒に溺《おぼ》れて出来上がっている。赤ら顔で下品な発言をして、情けない。

「そいつらって、〝俺も病んでるから気持ちわかるよ〟って理解のある彼くんムーブしたら簡単に股《また》開くよ。狙い目」

　留年モンキーがすかさず「女心を把握しているモテる俺」ポジションから語りだす。真にモテる男が女性も居る前でこんな発言をしないだろう。デリカシーのかけらもない。いや、わたしが舐《な》められているのか？　両方か。許せねぇ。

それは激安ハイボールのツンとした刺激のせいか、はたまた教会で演説を聴かせてくれた真っ黒なあの子に感化されたせいか、自然と自分の口から漏れていた。

「そんなの安全圏な人たちの解釈だと思う。彼ら彼女らは社会で上手くやっていけなくて、それで病んだり道を間違えたりしたことを、どうにか笑ってもらったりカッコつけたりして肯定したいんじゃないかな。薬に負けても手首を切っても、今まで生きていることを知ってもらいたいんだと思う。その抵抗を健常に生きている人が〝悪いことはカッコ悪い〟って切り捨てるのも残酷だよ」

言い終わって、ハッとした。

みんながわたしの顔色を窺《うかが》っている。この場で繰り広げられていたのは、安酒の肴《さかな》にするためのパーフェクトコミュニケーションにすぎず、誰もまともな意見なんて望んでいない。ここでのパーフェクトコミュニケーションは、「男だってバカだよ」と一笑に付すくらいのノリ。わたしはギアの上げ方を間違えた。

「でも、そうやって不健康なことをファッションにするから、いつまでも成長できないんだろう？　かなだっていつまでもフリーターの底辺芸でウケてたって、ねぇ？」

　終末時計くんが反論する。彼の自己認識は「良識のあるご意見番」なのだから、誰かの意見に対して真っ先に言葉を返さなければプライドが廃《すた》るのだ。そんなもの廃っちまえ。

「ネットでグダグダ無意味なことやっているのはわたしたちも同じなのに、急に正しさで殴るのって変だよ。いつもは真面目ぶっている人たちを冷笑するし、適度に悪ぶったりするのに、都合良く他人を殴るときだけ道徳や倫理を武器にするのって、変」

　わたし、あめちゃんのせいで思考がおかしくなっている。あんなパワーある存在に触れたせいで。

「そうだよね。オタクって他人のことばっかり気にして生きすぎかも」

　酔いも醒《さ》めるくらいに凍《こお》った空気を、るり姫てゃんが切《き》り拓《ひら》く。切り込み隊長。

　いい。ちょうど、いい塩梅だ。これが訓練されたコンカフェ嬢による上手な場の収め方だ。熱くなった方を否定もせず、ゆるりと軟着陸するよう促す。いま、この場に居る言葉を交《か》わす人間の中で彼女が最も大人。

「まあ、たしかに病んでることを自己表現に落とし込むことで前に進める説もあるな」

ソフトランディングに迎合する終末時計くん。精神科では、あえて自分のトラウマを発表することで傷を薄める治療法がある。ＳＮＳで敢えてバカな若者として振る舞うアカウントたちには、無意識に痛みを和らげようと、あわよくば力に変換しようとしている部分もある筈《はず》だ。なんだか、わたしたちのオフ会が初めて一歩踏み出せた気がする。

そういうムードになったところで、赤鼻のモテミサが「要するにオレも病みアピールしていれば女からＤＭくるってことだろ!?」と騒ぎ出した。まあいいか。飲み会ってこんなもんさ。

「たぶん……ネットに女性も増えて、女の子に自我があることに驚く男のオタクもいるってこと……もあるんじゃないかなぁ……病むって、現実と闘っている証拠、だし……女の子の現実味って部分を直視したくないって……気持ちもありそう」

キョーヤが珍しくボソボソと会話に乗ってきた。なにか思うところがあるのだろう

歴代メフィスト賞受賞者推薦コメント

風森章羽さん（第49回受賞）

くだらないのに楽しい。けれど、ほろ苦くて切ない。青春とは、山田である!!

柾木政宗さん（第53回受賞）

最強を最強と言い切れる山田こそが最強で最高。2年E組がうらやましくなりました。

砥上裕將さん（第59回受賞）

こんな角度の切り口があったのかと驚かされ、こんな結末まであるのかと震えた！

真下みことさん（第61回受賞）

自分には経験がないはずの男子校での日々が、妙な生々しさで蘇ってきました。

五十嵐律人さん（第62回受賞）

ダサくて、眩しくて、切なくて。青春の全てと感動のラストに、大満足の一作。

潮谷　験さん（第63回受賞）

校舎に忘れてきた繊細な感情を拾い上げてくれるような物語でした。

あらすじ

夏休みが終わる直前、山田が死んだ。飲酒運転の車に轢かれたらしい。山田は勉強が出来て、面白くて、誰にでも優しい、二年E組の人気者だった。

二学期初日の教室は、悲しみに沈んでいた。担任の花浦が元気づけようとするが、山田を喪った心の痛みは、そう簡単には癒えない。席替えを提案したタイミングで、スピーカーから山田の声が聞こえてきた……。騒然となる教室。死んだ山田の魂は、どうやらスピーカーに憑依してしまったらしい。甦った山田に出来ることは、話すことと聞くことのみ。〈俺、二年E組が大好きなんで〉。声だけになった山田と、二年E組の仲間たちの不思議な日々がはじまった――。

カバーモデルは
俳優の菅生《すごう》新樹《あらき》さん!
第65回メフィスト賞受賞作
『死んだ山田と教室』
金子玲介
2024年
5月16日発売!
KODANSHA

か。この口出しが終末時計くんへのｄｉｓにもなっていて面白い。急に「理解のないオタク」として矢を刺された彼は口をあんぐりと開けて続きを待っている。

「そういうの……ちょっと自分の作品の中に入れないとって、価値観を見直そうって……男性の読者が読む漫画でも……男に都合のいい、わかりやすいヒロインはやめようって考えてたから……急に話広げてごめん」

　いや、いい！　かっこいいじゃん。創作論に繋げられたら、無産のわたしたちは黙り込むしかないから。本当なら将来は大物作家になるつもりの終末時計くんが持つべき視点だけどね。あと、それでもやっぱり男に売れる作品って、もっと単純に彼女にして安心できる都合のいいヒロイン像だろうけど！

「うんうん。俺たちもアップデートしていかないとな。じゃねーと、いつまで経《た》っても百五十円のハイボールで満足しちまうし。ガハハ!!!」と、シリアスな空気に痺《しび》れを切らした留年モンキーの自虐で締め。こんなしょうもないやり取りを無限に繰り返して、少しずつ、本当に少しずつ歩くような速度でわたしたち大人になるんだね。

　あ、さらっと言われたけれど、たしかにどんなにここでカッコつけていたって、家に帰ったわたしがフリーター底辺芸しかない限界女なことは指摘された通りか……。

人生って、難しい。がはは。


　何者でもない、どこにでもいるアニメアイコン大学生たちによる雑音塗れの狂想曲《ノイズミュージック》が奏《かな》でられる中、話に飽きてスマホでぽけったーを眺め始めたモテミサが「うおっ」と驚く。タイムラインで何かを発見し、周囲に共有して新たな話題を提供する。実にオフ会らしい行程。他人と喋っている時はスマホを見ない、なんて社会性をわたしたちが持ち合わせているわけもなく。

「どしたん？　美女から連絡がきて喜んでるんだったら、それスパム垢《アカ》だぞ」

　留年モンキーが話を拾っていく。このツッコミちょっと面白くて悔しい。

「いや、なんかめっちゃヤバいことになっているらしい！　いま生放送でっ！」

「主語がないから、何がヤバいのかわからないよ～（笑）」、るり姫てゃんのツッコミも中々だ。それはともかくとして、画面の向こうの世界では何が起きているのか気になるからさっさと続けてほしい。

「あの、あれ、なんか変わった女の子。超てんちゃん！　超てんちゃんがいま生放送でマジヤバいらしい！」

「へー。なんかすご。てかトマト届くの遅くね？」

「その……超てんちゃんはわかって……生放送ってのもわかった、から……何が起きてどうヤバいかまで……教えてくれたら、嬉しい……」

「アンチのコメントとガチ喧嘩しだして、めちゃくちゃ盛り上がっているらしい!!!」

「マジ!?」と驚いた留年モンキーが配信画面を開く。スマホの真ん中に、耳まで真っ赤にした超てんちゃんの姿が映った。

　彼女は怒っていてもかわいくて、ハイボールのせいで赤くなったオタク集団なんかとは比べ物にならない。

　彼女はアンチコメントを一つ一つ指差して感情を剥き出しにしている。

　その様が滑稽《こっけい》で、アンチたちは余計に怒りを煽る。

擁護《ようご》する信者の声も燃料と化す。

　現代の地獄絵図。

「アンチなんてスルーしていればいいものを。自分が全能だと勘違いしたインフルエンサーの末路としては順当であるな」、腕組みした終末時計くんはウキウキだ。いつもは本質がどうのこうのと呟いているわりに、他人のゴシップや炎上が大好きで一言物申したくて仕方がない。それが彼の本質。

「えー、超てんちゃんもこれで終わりかな？　いつAV出ると思う？」「次からFC2で配信するようになるんじゃね」「やだ〜。超てんちゃん頑張って〜（笑）」。

　各々が勝手なことをぶつけていく間に、白熱した彼女はアンチの些細《ささい》なコメントにも激怒してどんどん壺にハマっていく。人気配信者が凋落《ちょうらく》する瞬間。好奇心とドキドキと恐ろしさと興奮と醜さが入り混じり、脳味噌《のうみそ》が強く刺激されて報酬系から脳内物質が溢れでているのがわかる。ああ、どこまでいってもわたしたちはこの低俗なお祭りの魅力に抗《あらが》えない。

　決壊、という表現が的確な気がする。

　間違いなく彼女は今まで頑張った。インターネットでの立ち振る舞いが巧《たく》みな天使として正解を出し続けてきた。でも、何かのきっかけでダムに穴が空いたんだ。広がった穴から感情の濁流が止まらなくて、あれだけネットを俯瞰していた彼女なのに周りが見えなくなっている。きっと、彼女の脳内もアドレナリンが発生して気持ちいいんだろう。その快感は麻薬だ。SNSで、匿名掲示板で、コメント欄で、ファンとアンチと九割の野次馬が騒ぎ出し、全ての声が「超てんちゃん」という偶像を切り裂く刃だ。向き合わなければいい。いつものようにネット民なんて腐して堂々と構えていればいい。わかっていたはずなのに、彼女は全身全霊でネットの有象無象と睨み合ってしまった。これはインターネットのオーバードーズだ。

「あ、壊れる」、と直感した。

次の瞬間、彼女は盛大に吐瀉物を撒き、観客たちの熱狂は最高潮へと到達。アンチや野次馬からすれば、オタクたちから楽して金を巻き上げてきた巨悪が堕ちたのだ。勝利を確信したコメント欄がぐんぐん加速。震えた足で立ちあがった弱々しい女の子が、どうにか配信を停止して祭りは一旦止まった。大変だ、大変なことが起きた。

「女がゲロ吐くところ初めて見た」「これからどうすんの？　マジでエロ配信しかねー

じゃん」「わたし超てんちゃん結構好きだったけどなんかガッカリだなぁ」「うん。ここまで感情を露《あら》わにしてしまうなんて所詮は担がれた神輿《みこし》だったね。ま、チヤホヤされてきた若い女ってこんなものさ」。テーブルのオタクたちはジョッキ片手に大盛り上がり。モテミサなんか興奮しきって汗だくだ。豚。

わたしはと言えば、生まれたての子鹿《こじか》のように震える超てんちゃんの姿と床に飛び跳ねたグロテスクなゲロの惨めさで、いけないものを見た興奮に驚くほど身慄《みぶる》いしていた。善悪なんて飛び越えた嗜虐心《しぎゃくしん》が脳味噌の気持ちいいところを震わせ続け、ただ、悶《もだ》える。アルコールなんかもう要らない。凄絶な夜が終わる。天井の電球に大量の蛾が止まっている。

——こんなやつらとは違う。

なんかさー、超てんちゃん今日はめずらしく機嫌悪くてごめんね。ちょっとストレス溜まっているのかも。

あんまりそういうリアルな感じだしたくなかったんだけど……。たまには、ね。あはっ、天使だって落ち込む時くらいあるよ～。

――こんな下品で野蛮で短絡的な人たち。退屈を恐れて仕事や勉強を〝している〟だけで思考停止している人たちとは。

あっ、もう……コメントでいじるの禁止だって！　プロレスとかじゃなくてさ。女の子にはそーいう夜もあるの。わかる？　オタクくん？

――わたしは、コイツらの誰よりインターネットが好きで、ネットの人間が好きで。

え？　「なんだ結局超てんちゃんもよくいる配信者と同じなんだな」って……。あのさ、何その偉そうな物言い。わたしは毎晩おまえらを楽しませるために頑張ってきて……。は？　「金目当て」って、そりゃお金も大事に決まってるだろ。バカ！　世の中のことなにも知らねーんだな、お子ちゃま！

――誰よりインターネットが嫌いで、ネットの人間が嫌いで。

なに？　こんな時だけ学歴煽り!?　中卒女に正論吐かれて悔しいんだろ！　どうせ匿名で、あーだこーだ喚《わめ》くしか能がないからなネット民は。みっともない、みっともない。

――でも、なにも持っていない者でも温かく迎えるような、そんな優しさも時にはあって。やっぱり現実よりもココの方が自由で、好きで。

うるせーな。一生そうやって全てのモノを冷笑して見下して、斜に構えながら死ね！　ホントは真っ向から直視するのが怖いことを誤魔化しているだけのくせによ！　わたしもだよ、バカ！

――だから、ココで「何か」になりたかった。誰かの特別になって、笑ったりケンカしたり、不器用なりに互いが少しずつ進めていけたらって、そんな綺麗事を夢みてた。

こんな時だけコメント加速させやがって！　絶対いつも見に来てないヤツらが荒らしてるだろ。そんなに揉《も》め事《ごと》が好きか？　そんなにリアルの人生でイベントないのかよ！　はっきり言うよ、配信者の若い女を追っているヤツなんて、ファンもアンチも病気にきまってんだろ！

——わたし、みんなのことを嫌いになりたくない。そりゃ時々、いや結構ウザいし、キモいし、距離感間違えていてワガママすぎるってキレたくもなるけど。

燃やしたいなら燃やせば!?　病気なんだよ、お前もわたしも！　みーんなネットでおかしくなってんだよ。当たり前だろ？　毎日、何万人もの他人と接続されてんだぞ。そんな状態で正気なんて言い張る方が狂ってるだろ。

——そういうところまで含めて、人間だから。

なら同じ病人同士、手を取り合って仲良くすればいいじゃないか。変に色気だして優劣つけようとしやがって。くそが！　何言ってもどうせ、金目当て、数字目当てだと思ってんだろっ⁉　わたしは、本当に、ほんっとうに……。

――だから、おまえらを、人間を見守る「何か」に。

なんで……なんっでっ……わかんないんだよ！　おまえらがっ、おまえらがなあっ!!!　うっうぅ……気持ちわる……無理。無理無理無理無理無理無理無理。きつっ……。ヴっ、おえっ……。

――天使になるんだよ。

――何者かになりたいんだよ。

あれから数日。きっしょいコールセンターバイトを終えた夜。

超てんちゃんの炎上ブチギレ嘔吐《おうと》配信を見て、なぜか改めて強くそう思った。コメント欄はゲロまみれの彼女をいじるネット民たちの悪意で満たされていく。アーカイブは消されているから、誰かが拡散した切り抜きだけど。インターネットには、こうして他人の失態を保存して流出させる人がいる。

その人だって超てんちゃんに執着があるわけでもない。ただ、一瞬でも目立ちたくて、学校か会社に通って疲れて帰って眠るだけのルーティンに刺激が欲しい、それだけが理由。個人個人は、みんな「自分一人のコメントの影響なんて大したことない」

と思っている。その小さな悪意が積もりに積もって、巨大な負の感情の塊《かたまり》として彼女を襲うわけだね。こわいこわい。

怖いけれど、ちょっぴりスッキリする。

超てんちゃんなんて、雲の上の存在だ。収益の仕組みはよくわからないけど、絶対フリーターのわたしなんかより何十倍も収入があるし、たくさんのファンからチヤホヤされている。わたしらただのネット民からすれば月とスッポン。そんな天上人の凋落は、底辺層にとって何よりのエンターテイメント。「迷えるオタクを導く」なんてお高くとまっていた天使が、翼をもがれて地獄へ堕ちていく。愉快痛快。彼女の苦しみを想像するだけで、ゴミみたいなアルバイトだって楽しく乗りきれる。

実際、どうなんだろう。彼女の苦しんでいる様子は勝手に妄想しているだけで、実態なんて想像もつかない。実際は炎上なんて毛ほども気にせず、貯まった収益金の一部で旅行でもして気晴らししているかもしれないし、慰めてくれる優しい恋人に抱かれてすぐにスッキリするのかも。そう単純でもなくて、ネット民が望んでいる通りモニターもスマホも敵に見えて怯《おび》えている可能性だってある。さすがに後者寄りだとは思うけど。

わたしみたいな凡人じゃ考えもつかない心境かもね。やっぱり、ちょっとだけ羨ましい。そもそも一般人はこうして炎上すらしない。誰かに見つけてもらうことがまず無いから。炎上しているったって、彼女が言った通り性格の悪い一部のネット民が火を焚《た》いているだけで、同情的な人だったり、今回の件で素直に悲しんでいるファンもたくさんいる。大多数は「有名配信者がゲロ吐いた」って事実をネタに笑っているだけ。なんなら、そのシチュエーションで性的興奮を覚えているオタクも少なくない。

総じて、愛されているんだ。

わたしだって、あの配信を受けて超てんちゃんのアンチになったりもしていない。むしろ、あれだけ派手にネット民と戦ったことにかっこよさを感じている。じゃあ誰が本気で怒っているのかというと、蓋《ふた》を開けてみれば無人だ。「徹底的に叩き潰すため怒っているフリ」をしている陰湿野郎がチラホラいるだけ。あとは九割が野次馬。わたしも含めてね。

雲の上の人物の顚末《てんまつ》がどう転ぼうとも、わたしのリアルになんら変化はない。残念ながら。

まとめサイトの反応も見飽きたし、身近なバカたちの所感でも覗きにいってみよう。

「はよAV堕ちしてほしいな〜。今はオタクから搾り取った貯金持っているかもだけどさ、なんか所得税？　税金？　そんな感じのやつですぐ失くなるだろうし。男に媚びることしか知らずに育ったんだし」。モテモテミサイルマンの呟き。一切ぶれずナチュラルに女性蔑視《べっし》が全開だ。儲かっている人間は、不思議な力で国から天罰が下ると認識している。彼がいつか税金対策で悩む未来がくる可能性なんてゼロに等しいのだから、一生このくらいの思考で生きるのかも。

「女のゲロって結構いけるわ。むしろ、超てんちゃんのおかげでゲロに目覚めた感じ？　性癖どんどん尖《とが》ってくわ俺」。こちらは、もうちょっと性欲寄り。雄らしさで言えば大して変わりないけど。留年モンキーは、どこまでいっても「陽キャぶったどこにでも居る大学生」の域をでない。自身の変態性をアピールする（こういうタイプに限って大して特殊でもない）薄っぺらさにいつ気づくのだろう。

「なんかよくわかんないけど、ゲロ動画ウケるから好き。わたしも超てんちゃんコスしてオタクと嘔吐イベ開こっかな」。るり姫てゃん。こっちは、まだ理解できる。人気配信者がゲロを吐く。そこへ「ウケる」以上の感想なんて普通は持たない。話題に乗ってちょっとしたおもしろイベントとして消費する。だいたいの人間はこれくらいの温度感じゃないかな？

「〝インターネットを理解《わか》ってる女〟なんて態度で登場しても、所詮は単純な感情に振り回されたよくいるインフルエンサーのお猿さんにすぎなかったようだね。こんなフェイク女を〝推してしまった〟信者さんたちは、自分たちが盲信する神様が賢しらな愚者であったことを、今一度反省してはどうだい？」。終末時計くんの呟きだけ、ちょっぴりRT数が伸びていた。ここぞとばかりに大物配信者を斬《き》る！　同じく配信文化を忌《い》み嫌《きら》っているフォロワーたちに共感されて気持ちよくなる。団結する。こうして「なにか意味があるような長文の皮肉」を投稿することで、似たようなレベルのスノッブなフォロワーに支持されて、彼の自尊心は満たされていく。よかったね。

それにしても、こいつらは揃いも揃ってネットの事件に必ず触れる。みんな、ちょっとだけ上から目線で。わたしは止めておこう。なんかいいや。どうせ、この出来事だって来週には忘れているんだから、安っぽい言及をした事実を残しておく方がイヤだ。あめちゃんの言う、〝自分をうっすら善人だと思っている人〟になるから。こうしてすぐ他人に影響される弱さもまたバカらしいけどね。

あっ。身内でもキョーヤだけは、今回の件にはいっさい触れず、ただイラストのラフを投稿していた。八〇年代ロボアニメOVAに出てくるヒロインの絵。全然反応されていないけど、その子がとても好きであることは伝わってくる。

どこまで「マイナーな作品の良さをわかっている作家志望」を演じているんだろう。そんな浅い偏見から入っちゃうのは、わたし自身がマイナーな作品を「良さがわかっている自分」を演出するために見ているからか。恥ずかしい。でも、みんなそれくらいあるよね？　キョーヤだって、少しはカッコつけて投稿しているよね？

一通りぽけったーを巡回しているだけで二時間くらい経っていた。こうして貴重な若さを失っていく。身内の発言ひとつひとつに脳内で難癖つけて気持ちよくなっているうちに、日を跨《また》いでいる。いったいわたしはいつ救われるんだ。

深夜恒例、自己の陰湿さと向き合う負のスパイラルに陥《おちい》りそうになった時、母からのＪＩＮＥ通知に気づく。

「かな、お元気ですか。お母さんは、最近旅行へいってきました！　宮古島《みやこじま》です。とっても綺麗な海が撮影できたから送りますね。青いでしょ？」。相変わらず「親」すぎる。非日常を求めて離島へと渡り、海を満喫して一般人なりのエモ（この単語は大嫌いだけどあえて使う）を写真に収めて満足する。そして子供へ自慢する。実際にその目でわたしも見たならともかく、ただの素人が撮った海の画像で感動するわけないでしょ。ちょっとしたツッコミどころを入れるとか、よほどアングルや彩度に凝《こ》るとかじゃないと無意味じゃん。わざわざ高いお金出して飛行機乗ってまで得たものがコレ？

お母さんのことはいいや。この人と何一つ生産性のないメッセージの送り合いをしていると気が滅入《めい》る。助けてよ。ありきたりな生活のルーティンに退屈しないため、意を決した非日常な行動が「海の青さに感動です〜〜」。いいの？　お母さん、もう五十歳近いでしょ。人間五十年の時代だったら、もうすぐ天寿を全《まっと》うするんだよ。お母さんは、この世になにを残したの？

　残したものは、わたしか。そんなわたしが現状で築いたものといえば、フォロワー４３０人の『平凡少女かなちゃみ』のアカウントだけか。たまーに洋服とともに自撮りを貼ったら出会い厨からの勃起《ぼっき》を隠せていないＤＭが来るだけの、そんなアカウントだけ、か。

　ＪＩＮＥの通知がまた届く。なんだなんだ。もう海の画像はいいよ。次はホテルの部屋でも貼るのか？　それも、せいぜい一泊三万とかのクラスでしょ。そんなお膳立《ぜんだ》てされた特別な空間程度で、他人の心が動かせるなんて期待している客観性の無さが。とメッセージひとつにぐだぐだ愚痴っていたものの、送信者の名前を見てベッドから飛び跳ねた。

「あめちゃん!?」

あめちゃんの方から深夜に連絡!?　わたしに？　なんで!?　えっ、いいの？　時間の隙間に些細なコミュニケーションを交わして互いの暇を潰しながら好感度を高める相手が、わたしでいいの!?

恥ずかしい。恥ずかしいくらいに胸が高鳴っている。心臓が飛び出す。宗教勧誘とか詐欺《さぎ》じゃないよね？　あっ。すぐに既読つけちゃったら、暇な女って思われるかな？　てか、さっきまで数時間をネット漁《あさ》りで、しかもネットの炎上を追うことに費やしていたんだから「暇人」以外の何物でもない。ええい、変に時間置いてすれ違うより、即座に反応して誠意を見せよう！

「え」

トーク画面に表示された、「ごめん。今すぐ会えたりしない？」の文字。えっ、え？　そんな急になに？　ヤリモク彼氏!?

すごいすごい。時計はとっくに午前一時を回っている。終電を過ぎたのだから、会うにしても特殊な方法で向かうしかない。そんなこと彼女も承知の上だろう。迷惑をかけてでも、わたしに何かを求めている。

これが、これが本物の非日常なんだ。常識なんかじゃ考えきれない。呆《あき》れつつも胸が躍って、緊急事態に脳みそがぐるんぐるんと加速していく。強者だけに許された強引なコミュニケーション。これが真に「特別」ってことだ。行こう。明日もクソコールセンターのバイトがあるけれど、そんなことは関係ない。わたしとあめちゃんの、想い出になる夜へ飛び込むのだ。

「どうしたんですか？　大丈夫ですか？　もちろん、あめちゃんのためならどこへでも！」。勢いのまま返信しちゃった。

「ありがとう。とにかく誰かと話したくて。前に会ったデパートの前でいい？　タクシー代出すから」

　わわっ。すごい。なんか落ち込んでいるんだ。通話ですらダメなんだ。いっときの寂しさを埋める程度の状況じゃなくて、もっと重々しい何かが彼女に起きている。明らかに憔悴《しょうすい》しているだろうに、ここで「終電もないから、どこへどうやって？」と返信する手間を省いて、的確な提案をしてくれている。気配りの達人。なんていうか、非日常が日常なのか。

　そして、わたしも今から非日常の世界へ歩み出す。

簡易的なメイク。スマホと財布。初めての給料で買った、安物だけどお気に入りな黒いゴスロリワンピースに着替え、深夜の街へ繰り出す。ネックレスも着けていこう。先っぽに赤い石がついた、セボンスターのネックレス。子供の頃に買ってもらった当時品。ゴスロリ衣装にあえて子供向けオモチャのアクセサリーで熟れたギャップを演出する、わたしの秘策。タクシーなんて何年ぶりだ。深夜料金で何千円も移動なんかに支払うなんて、それだけで大イベントだよ。

小走りで大通りに出る。夜風ってこんなに心地よかったんだ。もっとベランダとかでスマホ弄ったりしてもいいかもな。外に出てまですることがスマホでネット巡回っていうのも間抜けな発想だな。わたしの住むアパート付近には、深夜はめったにタクシーなんて通らない。待っている間に余計な思考で頭が埋まる。あたりを見渡すと、腰に手を回していちゃつきながら歩いているコンビニ帰りのヤンキーカップルや、缶ビール片手に帰宅するサラリーマン。なんか腕中にタトゥーの入ったチンピラなど、不快な人間たちが右往左往。

世の中って、こんなに小汚かったのか。深夜にタクシー待ちしているゴスロリ女も、傍《はた》から見たら同じか。でも、残念でした。わたしは道ゆくあなた達とちがって、これからエキサイティングでロマンチックな刻《とき》が始まる。月夜に紛れた黒の衣装が綺麗でしょう？　待っててね、あめちゃん。

　わたしたち、永遠に忘れられない夜を過ごそうね。

「ありがとう、来てくれて。わたし、誰かと一緒にいないと壊れちゃいそうだから」

顔面蒼白《そうはく》、とは今の彼女の顔のことを言うのだろう。

青白い。なにかに怯えて震えるあめちゃんの顔は、幽霊みたいに青くなっている。目を離したらふわっと消え入りそうに繊細で、母親が送ってきた海の写真なんかよりも何倍も綺麗。

　こんな綺麗な少女の一瞬を、わたしだけが独占している。

「いえ、むしろわたしなんかを頼ってくれて嬉しいです。なにがあったんですか？」

「なにがってわけじゃないけど。ずっと炎の上で焼かれていて、でも身体は冷たいの」

夜風が彼女の真っ黒な髪を揺らす。あの夜。あめちゃんが低俗で下品なヤカラにナンパされていたあの夜と同じだ。片目が隠れるくらいに伸びた重々しい前髪を風が飛ばすと、その奥に秘めた大きな瞳が垣間見える。なんて冷たい目。この世界のすべてを憎んでいるように鋭い視線。それでいて、助けを求めているかのようにか弱くも見える。憔悴しきった彼女の両目はびくびく痙攣《けいれん》していた。

「大丈夫なんですか？」

「わからない。だから、かなちゃん呼んだの」

デパート前に設置されたベンチへ腰掛ける。閉店後のデパートの仄暗《ほのぐら》さが不気味。

「そのネックレス、いいね」

「これオモチャですよ。セボンスター」

「オモチャの宝石でも、それが綺麗だと思っているなら一緒だよ」

「ありがとうございます」

「…………」

「…………」

会話が止まる。

なんて声をかけていいかわからない。呼ばれたのは嬉しい。でも、あめちゃんがわたしを呼んだ理由はおそらく無害だから、彼女のプライベートと無関係だからにすぎない。ここまで弱っているところを近しい人物に見せたくない、言いふらされたくないのではないか。そのうえで深夜に呼びつけても、子犬のように尻尾《しっぽ》振って走ってきそうな人物として、わたしがちょうど良かっただけだ。そんな凡人に心の隙間へ土足で踏み込む勇気はない。

静寂。無言の時間が続く。

非常口マークの緑の灯《あか》りで、彼女に手首の傷があることがわかった。

リストカット。

あめちゃんは、自ら手首を切っている。そして、傷の鮮度から見てついさっきも切ってきたばかりだ。

リスカにメリットなんてない。自分で自分を傷つけ、憐《あわ》れみ、憐れまれ、悲劇のヒロインを気取る以外の意味なんてない。一応、生命の危機を感じて迸《ほとばし》る脳内物質で気持ち良くなるらしいけど。そんなの血の代償として見合わないよ。つまり、彼女の自己像は「可哀想なわたし」なんだ。

「気になる？　傷」

「あっ、いえ。じろじろ見ちゃってすみません。今まで気づかなくて」

「バカみたいでしょ。でも、切ったら落ち着くんだ。心の痛みを肉の痛みで上書きしているの」

「心が痛い、ですか？」

「うん。世界中が敵に見える。すべての視線がわたしを責めて、はやく死ね、死んで楽しませろって嘲笑《あざわら》ってくる」

「わたしは敵じゃないです」

「そうだね。だから、呼んだ。ありがとね」

　ふたたび静寂が訪れる。月の光にあてられて、わたしの気分はちょっとおかしくなってきた。酔っ払っているみたいに。

「死なないでください」

「弱っている人にそんなこと言ったら、ますます死にたくなるんじゃない？」

「死にたいんですか？」

「死にたいと死にたくないが交互に襲ってくる」

「あめちゃんが死んだら悲しいです」

「じゃあ、悲しんでくれる人がいるうちに死なないと」

「本当になにがあったんですか？」

「わたし、少し間違えちゃったみたい。自分では上手くやれているつもりだったし、理解しているなって思ったんだけど。感情の制御ってむずかしいね」

「暴れちゃったんですか？」

「暴れる。暴れる、か。たしかにそうだ。暴れたのか、わたしは」

彼女の震えがビタッと止まった。あまりに急に静止したので、ネジの切れたおもちゃを連想する。

「いっそ、もっと暴れちゃおっか。ぜんぶ壊して終わりにしよう。あいつらだって、それを望んでいるし。わたしも最後に好き放題できてウィンウィンだな。結局、綱渡りするピエロが落っこちる様子が見たかったんだ。それだけでしかないのに、いつの間にか勘違いしちゃってたな」

　突如立ち上がった彼女が、なにかを探し始めた。しばらく付近をきょろきょろした後、工事中の一角から鉄パイプを持ち出し、デパートの入り口前に立つ。じっとガラスの向こうを見つめるあめちゃん。この人は、いつだってちっぽけな常識を軽々越えてくる。

「人、来ちゃいますよ」

「いいじゃん。どうせわたしたち失うものなんてないんだし」

「たちって……」

「だから呼んだんだよ。うわべだけの人間関係とカスみたいなアルバイトを繰り返すだけの生活ならさ。どうせ生きてないんだから、なにしたっていいんだよ。証明しようよ。好きなだけ暴れて、わたしたちはここにいます。ここで人間として生きていたんですって、社会のゾンビ野郎が羨ましがるくらい暴れ回ってやろうぜ」

　コツン。地面と擦れた鉄パイプの金属音が鳴り響く。そして、彼女は鉄パイプを思い切り振り上げた。今からなにをするのかはわかっている。わたしの選択肢は三つ。彼女を止めるか、逃げ出すか……一緒にガラスの向こうへ踏み出すか。

いや、もっと単純なことだ。本質的には二つしかない。

何者かになるか、ならないか。

「ついて行きます」

「……ありがと」

ばりんっ！

映画のＳＥみたいな轟音がして、デパートとわたしたちを隔《へだ》てる邪魔な障害物は、ものの見事に砕け散った。

鉄パイプを投げ捨て、黒のハイヒールをガラスの先へと踏み入れる。彼女は「行こうよ」とだけ呟きわたしを一瞥した。ガラスの破片で傷ついた美少女の顔面は流血し、白い肌をつたう赤の線を月明かりの青が照らして光る。

わたしたちは進む。二人の足音以外は、なに一つ聴こえない無人のデパートを。

最低限の緑色のライトだけが灰色の建物内に色をつける。

停止したエスカレーターを駆け上がる違和感で、思わず声を出してしまった。緊張の糸が解けたのか、ようやく彼女が笑みをこぼす。こんな異常な事態なのに、彼女が笑ってくれたことがうれしくて、それ以外はなにも思わなかった。

閉店後のゲームセンターは、防犯用のネットで覆《おお》い隠《かく》されているらしい。

そんなこと今夜の一件がなければ一生知らなかった。

あめちゃんがポケットからピンク色の剃刀《かみそり》を取り出す。その刃で自らの手首も切ってきたんだ。今度は自分じゃなくて緑色のネットを切り刻む。人ひとり分の穴が空き、ついにわたしたちは深夜のゲームセンターへと立ち入る。本来なら多くの客を喜ばせるための空間が、こんなに暗くて、静かで、不気味だ。その「ありえなさ」が夢の中みたいでふわふわする。

「いいね。ずっと、誰もいないゲーセンに居られたらな」

巨大なメダルゲーム、ずらっと並んだエレメカ、アミューズメント用に調整されたパチスロの島、ただ眺める箱でしかないＵＦＯキャッチャー。仕事を終えて眠りについた機械たちが、不法侵入した非行少女ふたりを囲む。睡眠中にごめんなさい。でも、わたしたちも夢を見ている最中だから。

「これからどんどん素敵になるよ」

バックヤードへの扉も破壊し、施設内のブレーカーを探し当ててＯＮに。目立たないよう店内照明はＯＦＦに。あめちゃんが一つだけ電源を入れた箇所はメリーゴーランド。しばらくするとジジジ……という起動音が聴こえ、大きな円形状の遊具が光を放つ。

真っ暗な闇の中で煌びやかに輝く幻想的なメリーゴーランドと、その光に包まれた血塗《ちまみ》れの美少女。

彼女は振り向き、両手を大きく広げ、女児かと思うくらいに屈託のない笑みを浮かべる。子供が自慢しているんだ。とっておきのおもちゃを見せつけて、「カッコイイでしょ、綺麗でしょ」って自慢している。

「乗ろうよ」

あめちゃんは木馬の一つに搭乗した。白馬だ。わたしも近くの木馬に座る。しばらくすると円形のドームが廻《まわ》りだす。サーカスのように愉快な音色が回転を彩る。いま、わたしたちは巨大なオモチャの下にいる。

「かなちゃん、黒いドレスで良かったね。白馬に乗ったら、白と黒でお嬢さまだね」

歯車が廻る。

「あはは、あはっ」

あめちゃんが笑う。

この刻が永遠になればいいのに。

「かなちゃんは、なんのために生きているの？」

「そんなこと考えたことありません……いえ、それはウソです。考えないようにしてきました。わたし、なにも無いから」

「なんもなくたっていいよ」

「そんなの、持っている側のあめちゃんが、超てんちゃんが言うのはズルです」

「いつから気づいてた？」

「教会で会ったときに、もしかしてって。確信したのは、鉄パイプでガラスを壊したとき」

ガラスの入り口は常識と非常識の境界。

回転式の床を駆ける機械仕掛けの馬は、なにも言わずに上下動を繰り返す。

「生きている理由のある人が羨ましいです」

「わたしたちは輝くために生まれてきたんだよ」

心から信じ切っていない綺麗事を並べているときの横顔は、驚くほどに超てんちゃん。

「あめちゃんは輝いていますよ。配信しているときの姿は、蝶みたいです」

「蝶、好き？」

「ちょっとだけ。モルフォ蝶っていう、蒼い翅の蝶々が好きです。楽しそうにはしゃぐ超てんちゃんは、モルフォ蝶が羽ばたいてるなって感じます」

「どんな蝶だって、羽化する前は醜い芋虫だよ。蛹になったら、ドロドロに溶けて原形がなくなるくらい醜い。綺麗な蝶々になるために、穢らわしい過去は溶けて消えていく」

「わたし、芋虫も好きですよ。蜘蛛を飼っていたから餌用のミルワームとかもかっこいいって思ってましたし」

「あはっ。おもしろい。おもしろいよ、その返し。あははっ」

「そんなにウケますか？」

「急に蜘蛛を飼っていた話されたら、絶対おもしろいじゃん。配信向いているよ」

蜘蛛を飼っていたなんて話、人を選ばなければ絶対引かれる。彼女だったら配信で堂々と話すだろうけど。

「蜘蛛の話しているときのかなちゃん、いきいきしてる。ねぇ、もっと蜘蛛の話聞かせて」

「そんな風に見えますかね。恥ずかしい。えと、わたしが飼っていたのはいわゆるタランチュラで。要はわりと大きいやつです。アンティルピンクトゥータランチュラっていう、黒と紫に加えて青とピンクも混ざった蜘蛛です」

「すっごい派手な色。なんで選んだの？」

「これも恥ずかしい理由ですけど。アンティルピンクトゥーは〝世界で最も美しい蜘蛛〟って呼ばれていて、宝石みたいに綺麗で。元から蜘蛛が好きだったけど、飼うならこの子しかないなって。ちなみに、さっき話したモルフォ蝶は〝世界で最も美しい蝶〟って言われてます」

「いいね。なんで、蜘蛛が好き？」

「毒っぽいからかも」

「毒があると好きなの？」

「たぶん。わたし、ずっと頭の中で他人の悪口言っちゃうんです。脳内がぜんぶ毒で埋め尽くされたバカなんです。だから、毒を持っているのにそれを隠さず、それでいて美しい蜘蛛に惹かれるのかも」

「はっきり言葉にするね。やっぱり配信向いているよ」

「あめちゃんを見て思ったんですよ。蜘蛛っぽいって。だから、自己認識が芋虫なのはちょっと笑いました」

「超てんちゃんは蝶々に見えるのに」

「わたし蜘蛛の方が好きです」

「ふふっ」

木馬が止まる。音楽も止まる。サイケデリックなくらい光り輝いていた壁や床も廻らない。

夢の時間は終わったんだ。

出口の方へ視線を向けると、すでに警備員のおじさんが二人も待機していた。そりゃそうだ。

木馬を降りたあめちゃんが二人のもとへと歩き出す。あまりに自然に向かっていったから、捕まえにきたはずのおじさんたちの方が動揺している。

「ごきげんよう。お仕事、ご苦労さまですね」

夢の終わりを受け入れた美少女が、両手でスカートの裾《すそ》を軽く持ち上げ、嫌味なくらい上品にお辞儀した。

頭を上げた彼女は、今度は二人を睥睨する。あの鉄パイプのように冷たく無機質な眼差《まなざ》しで。

「こんな夜遅くまで労働してえらいですね。生きてて楽しい？」

警備員たちはなにも言い返さない。夜間警備の仕事を任されているとは言え、こんな事態はじめてなのだろう。

スカートのポケットから、彼女はピンク色の剃刀を取り出す。そして、自分の首へと当てた。

目に見えて焦り、折れそうなくらいにか細い少女を男二人が急いで取り押さえようとする。バカ女の自殺ごっこに付き合ってられないと思っているかも。でも。

この人は、いつだってちっぽけな常識を軽々越えてくる。

瞬間。あめちゃんの首から紅《あか》く、それでいてドス黒い液体が噴《ふ》き出《だ》す。

大慌ての男二人は、もうパニック。救急車を呼ぶか、警察を呼ぶか、それともまずは警備会社の上司に連絡するかで揉めている。バカみたい。いいから、一刻も早くあめちゃんから手を離してほしい。俗人が触れると彼女が穢れる。

黙って様子を見ていたら、なんだかんだ救急車が来るらしい。サイレンの音が壁を貫通して響きわたる。ウーウーうるさい。そんなに騒ぐとあめちゃんが起きちゃうだろう。

そんなことより、メリーゴーランドの床に付着した赤黒い液体が毒々しくて綺麗だな。

こちらの座席は
回転しません

小学生の頃。三、四年生くらいかな。とにかく小さかった頃の想い出。

お母さんが近所のイオンへ連れていってくれた。別に、そんなに来たかったとかじゃないけど。せっかく一緒に訪れたのだから、何か一つ二つくらい買ってくれるだろうと期待して。

お母さんは、それはそれは恐ろしいほどに「普通の主婦」だった。デパートの食品コーナーで石を投げたら当たるくらい、どこにでも居る主婦。わたしは、そんなお母さんが好きじゃない。普通のことしか言わなくて、叱《しか》るときも褒めるときも想像の域をでない。「こういう綺麗事を言うだろうな」ってパターンから、彼女の発言が脱したことがない。

主婦が好きそうな雑誌を読み、主婦が好きそうな韓《ハン》流アイドルやドラマを追い、主婦が好きそうなテレビのゴシップを話し、至って無難《ぶなん》な主婦のファッションをしている。主婦の不安を煽る化粧品や脱毛などの広告が目に入るたび、足を止めて悩むような中年女性。消費社会の犠牲者。

そんな女の娘がわたし。

イオン内のファッションコーナーで、ゴスロリの女性とすれ違った。こんな大衆向けの商業施設には似つかわしくない、フリフリでゴシックなお嬢さま。わぁっと目を輝かせて漆黒のドレスの後ろ姿を眺めていたら、お母さんは「ああいう変な格好の子もいるんだねぇ」と呟く。

彼女にとって、ロリィタファッションは「変な格好の子」で思考停止する。それ以上の批判も理解もない。視界の外の存在。自分の中にある常識の範疇《はんちゅう》にない。違う世界の人間に、歩み寄るつもりは毛頭ない。なら、わたしが将来ああいう「変な格好の子」になったら、お母さんは娘への理解を諦めるのだろうか。

そんなことを考えながら徘徊《はいかい》していると、母に電話がかかってきた。「もしもし？」、娘と話す低い地声とは違った、異性に媚びへつらう高音。

通話の相手は、男。

母と父の仲は「普通」だ。一緒に出かけたりもするけど、それなりに喧嘩もする。家事についてなどの些細な言い争いは毎日。普通の相手からは刺激が生まれない。だから、お母さんは新たな遊び相手を、「浮気」にならない程度にちょうどいい刺激を漁り続けていた。そんな人間関係までひっくるめて「ありきたりな主婦像」から一切はみ出さない。

通話が終わると、彼女はちょっと上機嫌。男友達が巧みに機嫌を取ってくれたのだろう。よかったよかった。逆に、男友達が忙しくて愛想《あいそ》が悪かったら、お母さんは目に見えて不機嫌になって娘にあたる。自分の趣味や機嫌も他人次第。誰かに、男や娘に構ってもらわないと安心できない、「寂しさ」を満喫する方法をしらない人。

「ねぇ、これ買ってあげようか」

ニコニコ顔の母が差し出したのは、セボンスターの箱。お菓子の付属品としておもちゃのアクセサリーが同梱《どうこん》されている、いわゆる食玩《しょくがん》。過剰なまでのピンクなキラキラが女児心をくすぐる。

「これ幼稚園の子とかが遊ぶやつだよ」

もう小学校も高学年に差し掛かる年齢の女子が、おもちゃのアクセサリーを着けて出歩いていたら、同級生に指をさされる。恥ずかしいのは、イヤだ。

「いいじゃん。あえておもちゃの宝石を大事にしている方がカッコいいよ」

そう言って、お母さんは返事も待たずにカゴへ投入した。

帰宅後に開封すると、中身は赤い宝石のネックレス。

もちろん素材は安っぽい。けど、それが逆にオシャレにも思えてくる。たしかに、あえてセボンスターを大事にし続ける女の子っていうのはパンクだぞ。

セボンスターを無理やり選んだことだけが、わたしが母に唯一「自我」を感じた瞬間。

すごく嬉しかったんだよ。

「これが、そのネックレス？」

「はい！　あめちゃんへのプレゼントです。これで首を守れますね！　いま着けてあげますっ」

「……ありがと」

病室。

白いベッドの上に、首に包帯を巻いたパジャマ姿の美少女が一人。彼女の首元には、セボンスターの赤い宝石がゆらゆらと。

あれから、救急車で運ばれて、警察でわたしが事情聴取を受けて、とにかく大変だったの。

デパートの人たちは優しくて、ガラスの弁償代金をあめちゃんが支払うことで示談となった。ゲームセンターの人は困惑しつつも笑っていた。「メリーゴーランドが好きなんだね」って、穏やかそうに。インターネットでは大炎上中で四方八方で攻撃されまくっている彼女に、街の一般人はとても優しく接してくれる。

首の傷も大事にはならなかった。すぐに退院しても大丈夫なくらいだけど、あめちゃんは「しばらくここに居たい」と一ヵ月分の個室料金を出し、こうしてゆっくり休んでいる。

家に帰ったら、スマホやモニターを通して、インターネット中の悪意と戦うことになる。なら、高いお金を払ってでもここに引きこもっていた方が安寧《あんねい》を得られるだろう。「死ななくてよかったですね」と話したら、「あんな傷で死なないってわかってるから」と返された。クール。

困ったことに、彼女には身寄りが居ないらしい。「弱みを見せられるような知り合いは居ない」とのことで、わたしが看病、というかほとんど会話相手になっている。まだ病室に通って二日目だけど、とっても楽しい。だって、あの超てんちゃんがベッドに横たわり、わたしの助けを待っているんだよ。

わたしが面会している間は、彼女のスマホを預かっている。不用意にネットを見てしまい、アンチが目に入って傷つかないように。任せて。かなが悪いインターネットからアナタを守ってあげる。

あめちゃんは、時折「りんごが食べたい」とか、甘えたりもする。そのたび「はいはい」って売店に買いに行ってあげる。看病らしく、うさぎ形に剝いてあげたりもしちゃうから。わたし、他人の、超大人気配信者の役に立っている!!!

快っ感!!!

「わたしのこと、どこまで知った?」

「ネットの噂《うわさ》なんて信じていません。あめちゃんの顔もどこからか流れたりはしていましたけど。むしろ、こんな暗そうな美人が、あんな派手なウィッグ被《かぶ》って明るい天使を演じていたことに、みんな憧れたりもしていますよ」

「そういう子も居てくれるだろうけど、みんな酷いこといっぱい言ってるでしょ。わたし、全然綺麗な存在じゃないから。掘ればどんどん汚いところでてくるし。応援してくれる純粋な子たちをガッカリさせちゃったな」

「むしろ、わたしはネットの人たちにガッカリですよ。普段は配信なんか興味ないくせに、こんな時だけあること無いこと書いて気持ちよくなって。ただのアニメアイコンが他人に説教できる立場かっての!」

「仕方ないよ。人間は自分が正義だと信じて他人を攻撃している時が一番脳汁でるらしいし。みんな、〝オタクから金を巻き上げ続けたくせにネット民を罵倒《ばとう》してきたゲロ女〟なんて悪者を、成敗するのが楽しくて楽しくてたまらないだろうね」

「お金は配信を頑張っているからで、超てんちゃんのネット民への指摘も変だって思いません。大丈夫ですよ」

「本当の正しさなんて関係ないよ。真に正しさや善を考えている人なら、ネットで他人を攻撃したりしないんだし。〝コイツは叩いて良い〟っていう大義名分が欲しいだけ。地獄に堕ちればいいのにね」

「ちょっと言い方が優しい」

「全員、針地獄に刺さって死ねばいいのに」

「あははっ。あめちゃんっぽいです」

こんなに気持ちがいい時間って、ひさびさだ。りんごのウサちゃんも、そう思うでしょ？

「でも、そんな弱くてくだらないヤツらだから救わないといけないんだよな」

「え？」

「あまりに弱すぎて、なんにでも怯えて、だからネットにしか居場所がなくて、いや、ネットにも〝自分〟がなくて、それでもインターネットにしがみつくしかないから、そこで目立っている悪者を攻撃することでしか他人と馴染めない。唯一の自分の居場所に、明るく恵まれた人気者がいることが怖くて怖くて震えてしまう、か弱い子うさぎ。うさぎはかわいいからダメだな。わたしと同じ、芋虫か」

「あめちゃん」

「こんなヤツらにこそ、天使が……インターネットエンジェルが必要なんだ。それがわたしができる贖罪《しょくざい》で、恩返しだから」

完全に自分の内に籠《こも》った。自閉モード。布団に包《くる》まって外界を遮断し白い塊になった姿は、絹糸を張りめぐらせた〝繭〟だ。

たくさんの人をその手で斬り殺していく武士は、禅を好む。

坐《ざ》禅《ぜん》によって心を集中させ、祈るように仏へ赦しを乞《こ》うことが、殺生という修羅の道を歩む彼らの精神的支柱となる。あめちゃんが天使の姿でオタクの癒しであろうとするのも、そんな感覚なのかな。

いや、それ以上にもっと彼女は歪で、純粋で……。

「なんの掲示板だったかな。ボカロ？　それすら忘れちゃったけど、とにかくね。なんかもう突然ぜんぶがイヤになっちゃって、スレの流れに関係なく長文で喚き散らしたの。学校行きたくないとか、親が気持ち悪いとか、市販薬で気持ち良くなるのがやめられないとか、もーなにもかも書いた。荒らしだよ。投稿してから冷静になって、あっ怒られると思ったんだけど、一回り上っぽい住民から〝所詮他人だから直接は助けてやれないけど、とにかく休め。寝ろ！〟ってレスがついてさ。こいつらって匿名でどこまでも自分を棚に上げてつけあがるくせに、目の前のヤツにちょっと優しくしたりもするんだって思った」

「インターネットエンジェルにも、そんな時代が」

「それからさ、これもなんのスレだったか忘れたけど、〝俺は三十代で工場勤務で薄給で生きる価値ない〟ってレスしているおっさんが居て、ふざけて逆に温かく接してみようと〝それでも働いていてえらいじゃん〟って送ったの。半分本音。わたし就職どころかバイトすらも百パーできないし。そしたら、〝ありがとう〟ってだけ返信きた。絶対にそんな流れのスレじゃなくて底辺を煽り合う流れの筈なのに、ちょっとした気まぐれでなんか良い話になっちゃった」

「微笑ましいです」

「ヌクモリティだね」

「いつのネットスラングですか、それ」

「逆にカッコいいでしょ。ヌクモリティ」

彼女の首を大切に守ってくれる、赤色のおもちゃが光る。

うれしいな。凡人のかなが生きていた証《あかし》を、キラキラな一等星のあめちゃんがぶら下げている。

「わたしも、あめちゃんみたいに積極的にネットで活動できたらって思います」

だから、距離感を間違えてしまったのだろう。その強すぎる輝きにあてられて勘違いしたのだ。彼女の煌めきは月の光のように妖しく艶《なまめ》かしい。月に惑わされて酔ってしまった。わたしは夜空になんて手を伸ばすことしかできないのに。

そんなありふれた、〝どこにでもいる凡人の呟き〟に彼女はひどく呆れ、とてつもなく冷酷に見開いた右目で言う。

「じゃあ、順番にすべてを切らないと」

「え？」

「家族がいる、仕事がある、友達がいる、恋人がいる。この場合は言い寄ってくる男たちでもいい。とにかく順番に捨てていく。現実もネットも両方手に入れようなんて都合の良い贅沢《ぜいたく》が許されるほど、わたしたちは天に愛されちゃいない」

「捨てる、ですか」

「もちろん大多数がそんなことをしない。言い訳を重ねてどこかでブレーキをかける。守るべきものがあると思い込んでいる人は弱くなる。本当に守るべきは自分のプライドだけなのに」

表情が変わらない。彼女はひどくガッカリしている。

「何かを守って安定を選べた人はまだいい。挑戦も安定も、決断すらできなかった半端者が最も醜い。そういう人たちがいくつになってもネットで画面の向こうの人気者を攻撃する。〝何もしていないから自分は悪人じゃない〟なんて理屈で」

彼女の舌が加速。その大きく深く黒い眼をいっさい動かさないまま。

「世の中は、そんな救えないバカで溢れている。救わなきゃ」

もはや、わたしになんか話しかけていない。その瞳は、なぜか隣に座る一般人Aなんてアウト・オブ・眼中。

「静かに壊れていっちゃっている。同じ欠陥品で、俗世を貪《むさぼ》る芋虫なんだから」

「超てんちゃん」

なぜか彼女を配信時の名前で呼んでしまう。あめちゃんに話しかけるのが怖かったからだ。彼女は瞳孔《どうこう》だけ動かして睥睨し、不意に質問を投げかけてきた。病室中に緊張が張り詰め、わたしの全身が強張《こわば》っている。蛇に睨まれた蛙《かえる》。

「アナタのコト訊かせて。アナタはなんで何者かにこだわるの？」

「それは、前も話したんですけど、ネットで知り合った友人や親がすっごくくだらなく思えて。それこそ、さっき話した〝決断から逃げた〟、なにも選べずに流されるだけの人生なんてイヤだって。だから変わりたいって毎日考えているけど……わたしもなにもできてない」

「人は追い込まれないと行動できない。贅沢者が真に追い込まれる場面なんて永久にめぐってこない。自分が恵まれていることに気づけず、プライドなんてあるフリをしているアナタは悲しいね」

「ごめんなさい」

「謝らなくていいよ。休憩所なんだよ。ネットって。壊れた人間の、どうしようもない半端者たちを乗せた揺《ゆ》り籠《かご》。そのうちの極々僅かな人間だけが羽ばたける。いつ誰が成長するかはわからないから。そのうちの一人ってだけ」

　もう怒っているのか、悲しんでいるのか、はたまた憐れんでいるのかすら読み取れない。全部が混ざって複雑なグラデーションとなっている顔を向けている。

「スマホ返して」

「あ、はい。大丈夫ですか？　ネット見ちゃって」

「ここも休憩所だから。安静にしているかぎりは、刺激がない」

　預かっていたスマートフォンを机に置く。この小さな機械を開けば、世界中の何十万何百万もの人間の偽善や悪意と接続される。こんな板、いっそこの世界から消滅しちゃった方がいいのかも。

「昨日のりんご、ありがとう」

「いえ！　そんな、全然。それより、わたし今日は帰りますね！　コールセンターのバイトがあるので。あんまりネット見ないようにしてください！」

空気の圧に耐えきれず、そそくさと逃げ出す準備を開始。あめちゃんの瞳は、また虚を見つめている。

退室の瞬間、あまりにパニックと化したわたしは、妙な質問をした。

「そういえば、あめちゃんが好きなボカロPって訊いてもいいですか？」

「……MARETU」

怖かった。

今日はちょっと間違えてしまった。バイト中に反省して切り替えなきゃ。

大丈夫。まだまだ二人の時間はこれからだ。ゆっくりたくさんお話をしよう。いろんなことを知ろう。そして、退院後はわたしも超てんちゃんの役に立つんだ！　最初は裏方でもいい。徐々にコツを掴んでいって、最終的にはわたしもコラボしたり!?　好きな映画とか漫画の話を語り合うのもいいね。マイナーな格闘ゲームでオタクのニッチ需要を鷲掴《わしづか》みするのもいいかも。がんばろう！

わたしは数日前のかなじゃない。平凡少女かなちゃみは、超絶最かわてんしちゃんの下《もと》で生まれ変わるんだ。

こんな貴重な時間や体験、いつまでもタイムラインでくだ巻いているボンクラたちでは、一生手が届かないんだからっ！

とにかく今はクソゴミカスのコールセンターだ。ここで時給を稼いで、新たな一歩を踏み出すための糧《かて》を得るぞ。ファイト、かな！

翌日、病室を訪れると彼女は消えていた。

開きっぱなしの窓から風が吹き抜け、緑色のカーテンがひらひらと虚無感を演出する。

病院にすらなにも告げなかったらしい。休憩を終えたのだから、こんな窮屈な箱庭じゃ彼女の才能には狭すぎたんだ。

彼女はただ、帰りたくなったから窓から飛び出して帰った。繭から飛び出した蝶々が、そのまま空へ昇っていくように。

机に置かれたセボンスターのネックレスだけが、天使がたしかにここで羽休めしていた証となった。

――この混沌《こんとん》とした令和のインターネットを照らす一筋の光。
電子の海を彷徨うオタクに笑顔を！
未来の平和をお約束。躁鬱《そううつ》だけどまかせとけ！
インターネットエンジェル、ただいま降臨!!!

ジェルばんは！　おまえらの恋人、超てんちゃんだよ♪

待たせたなーみんな。心配してくれたり、応援してくれたり、ありがとね。アンチは今すぐ回れ右しろボケ。もうゲロ吐かねーから期待すんなよハゲ！　そもそも他人がゲロ吐くかを期待して野次馬してくるカスよりもなー、こうしてゲロを吐いた過去すら乗り越えてオタクを喜ばせにやってきた天使の方が何億倍もえらいってわかってんのか!?

……あはっ。あははっ。信者もアンチも元気だった？　超てんちゃん居なくて寂しかったろ？

さすがにちょっとネット離れてたわ。怖かったよ。ＳＮＳもまとめサイトも掲示板も、ぜーんぶ敵に見える。ネットだけじゃないぜ。外に居る人間みんなわたしを指差して笑っている気がしたもん。すべて敵敵敵！

ネットに居ない間に何していたかって？　鉄パイプで入り口壊して、夜のゲームセンターへ侵入してメリーゴーランド乗ってた。あはっ。信じられないか？　ならいいよ、疑っとけバカタレ！

えーっ!?　炎上中に眠れるわけないじゃん。おくすり飲んでも、いやーな想像がループにループ。頭の中ごっちゃごちゃで、ずーっと休まらないもん。何度、脳内でネット民を刺し殺してやったかわからんね。そのたび、血まみれになりながらも嘲笑ってくるんだよ。「なに必死になってんの?」って。死ね!!! おまえらにとっては、画面の向こうの猿でしかないだろうけどなー、こっちの主観では必死に人生生きてるんだよ。脳死で同調圧力に呑《の》まれているだけのネット民とちがってな!

陰口《かげぐち》くんどもがよ。体育会系やいじめっ子を揶揄してスカッとするのが大好きなくせして、自分たちが有利になった瞬間、平気でよってたかってリンチを始めるからなカスは。自分たちがイジメられるから現実では反対しているだけで、ネットの世界では弱者をイジメるのが本当は大好きなんですって言え!!!

そんなに怖いか? 学校も会社もろくに経験のないわたしが、配信だけでどんどん昇っていく様子が。こんな女が成功しちゃったら、勉強したり労働したりしているのに、なーんも手に入らない人生を生きている意味を見失って震えちゃうんだろ。怖いから攻撃するんだもんな。

ざんねん! わたしは、これからもインターネットの天使であり続けるし、信者もアンチもひっくるめて、まだまだ世界をお騒がせするからな。ざまーみろっ!

じゃあ、炎上中にムカついたキッショいアンチくんのコメント晒していきますか。

まず、これ! 「おい、ゲロ女。黙ってないでなんか返信してみろ。どうせ本当はチラチラネット見てるんだろ。このDMに返事してみろや」……だって。きっっっも!!!

これさー。典型的なイキりなのもキツいけど、あわよくば自分だけ返事もらって、ちょっと仲良くなろうと狙っているのキモくない？　これわたしが返事したら、絶対なんだかんだ揶揄《からか》いつつ優しくするような流れに持っていってワンチャン探ろうとしてるよな。そうでなくとも、死体に対してならいくらでも威張れるって発想もキモいけど！

次。「本当はこの人気とか登録者数とかも全部買ってたり、信者の男とか上手く使って動画作ったりしてたんだろ？」……あー、これ系も結構あるわ。なんかコイツの脳内で完全にわたしが「悪」になっていて、超てんちゃんのやることなすこと、すべて否定しようとおかしくなってるの。炎上したからって、わたしのこれまでの努力も無かったことにして「納得」しようとしてるの怖くない？　そんなに「人気者は卑怯《ひきょう》な手を使っている」って思いこまないと耐えられないのか？　オタクはネット上の陰謀論大好きだな。自分になんの実力もないから、他人を認めきれないんだろ！

最後。「あんなにインターネットがどうって言っていたのに炎上して、結局フェイク野郎だったんですね」。これもキモいよな。じゃあおまえはトゥルーマンなのかよ。すぐ善とか悪とか、本物や偽物で区別すんのが短絡的でバカ。いいか？　世の中っていうのは、そう単純じゃないの。グラデーションなんだよ。本物の部分もあるし、偽物の部分もある。わかんねーよな。わざわざ自分と無関係の女の悪口書いちゃうようなゴミには。

はぁ～……こうして振り返ると、なんだかんだこうしておまえらに構ってやっている超てんちゃんがえらすぎて涙がでるね。誰にも見つけてもらえないことが一番つらいもんな。それは、わかるから……。

誰も彼も「わたしが世界一不幸なんです。だから他人を下から攻撃する権利があります」ってツラしやがって。いいか？　おまえだけじゃなくて、みーんな不幸と戦っているよ。おまえだけじゃない。忘れるなよ。

だから、おまえらも戦うんだよ。勝手に悪認定した敵とじゃないぞ。現実とだよ。泣いても笑っても、いつか自分の足で立って立ち向かわないと幸せは手に入らないんだからさ。いつまでも他人の幸不幸で一喜一憂しないで、自分の人生を生きな。

……そういえばさ、カウンセリングを受けさせられたよ。病院で。

先生に、「ここまで精神が荒れているならインターネットを控えることをオススメします」って言われた。

でも、やめなかったよ。荒れたっていいよ。リアルもネットも地獄なんだから、だったらせめておまえらが居る方を選びたいから。笑っちゃうよね。こんなにネットのことが大っ嫌いなのに、こんなにネットが楽しくて楽しくてやめられないんだ。

よし！　じゃあ、わたしが今回の炎上を乗り越えて作った新曲をお披露目してやろうかな♪

耳の穴かっぽじって丁重に聴けよ。天使からの本心、一言一句聴き逃したらダメだからね。

それでは、歌います！

超てんちゃんの新曲、『INTERNET YAMERO』！

「蝶の羽根いただいて　こっち来いよ」
「向こうでは　思い通りさ」
ピンクスパイダー
「行きたいなぁ」
ピンクスパイダー
「翼が欲しい…」

――ｈｉｄｅ『ピンクスパイダー』

毒だ。わたしの全身には紫色の毒がめぐっている。

それなのに、人間のフリをしていたから齟齬《そご》が起きたんだ。蜘蛛は蜘蛛らしく、人間なんかと触れ合わずに巣を張って、獲物が引っ掛かるまでじっと待っていればいい。

蜘蛛にならなくては。

蒼いモルフォ蝶は「夢」の象徴。

あの美しい蝶々と過ごした夢の時間は、彼女の羽ばたきとともに消え去った。

蜘蛛は土や樹《き》から動けない。ずっと地を這《は》うだけの生き物。そんな蜘蛛が獲物を手に入れるには、強靭《きょうじん》で大きな巣を張る他ない。

戦わなくては。

わたしの毒で、このくそったれな現実を片《かた》っ端《ぱし》から刺し殺してやる。

インターネットを開く。

ネット上では、お馴染みのお猿さんたちが、天使の復活に対して、あーだこーだ好きに野次を飛ばす。なにも知らないくせに。奇跡の大復活を遂げた彼女の神話は瞬く間にネット中へ広まり、チャンネル登録者数は二百万人にも届こうとしている。

病室で独り残されたあの日から、わたしはインターネット上の全アカウントを削除した。もう必要ない。自ら「平凡少女」なんて自虐するくらい、非凡に憧れている恥ずかしい女はおしまいだ。「かな」、なんて名前も不要。あんな女がつけた識別記号に何の意味もないのだから。

ＪＩＮＥには、飲み会なんて茶番を繰り返して傷を舐め合ってきたメンバーたちが、急にネット上から痕跡《こんせき》を消したわたしへ心配のメッセージを送っている。漏れなく全員。馴《な》れ合《あ》いごっこが大好きなんだな。どうせＪＩＮＥのアカウントも消すのだ。家族、友達、居ないけど恋人……仕事にも今夜でおさらばだ。切り捨てなきゃ。人間だった時代の名残《なごり》なんて、弱さにしかならない。

まずは、モテモテミサイルマン。「かなちゃみ、元気か？　何か悩みがあるならオレが聞くからいつでも飲み誘えよ！」

返信しよう。「なんでミソジニーの弱者と二人で飲みに行かないといけないんだ？女性を舐め腐りながら優しくされようともしている、その態度が生理的に受けつけないんだよ。おまえ、性欲の対象じゃなくて人間として女性を見たこと一度もないだろ。おまえ自身がチンポの擬人化でしかないからな。あとフォロワーの女の子が、〝モテミサさんと二人で会ったら、ずっとキスしてもいいか聞いてきて怖かった〟って鍵垢《かぎアカ》で泣いてたぞ」

次。留年モンキー。もう相手からのメッセージなんてどうでもいいか。

「おまえは常にうっすらオタクにマウントとっていないと自己を確立できないんだ

な。頭からつま先までコンプレックスまみれだから。おまえの高校の同級生がぽけったーに貼ってた写真見たよ。キモオタのテンプレみたいなメガネデブ。大学デビュー前に女子と話している様子、一度も見たこと無いとも書いてた。死ぬまで思春期の後悔を追い続けてろ」

次。るり姫てゃん。いま思うと、なにが「姫」だ。お姫さまはコンカフェでキモオタ相手に媚びへつらうな。

「今はどうにかコンカフェ嬢で成り立っている若さのブーストもそろそろ切れる。それに気づいているから〝二十五で死ぬ〟なんて浅いこと言ってカッコつけたんだ。本当は若さだけでチヤホヤされない、それ以外の人間的魅力や努力が試される年齢を迎えることが怖くて怖くて耐えきれないだけ。すでに裏垢で周囲の愚痴を吐きまくっているのみんな知ってるよ。周辺人物への八つ当たりの後は社会でも恨むか？　賞味期限の切れた傲慢《ごうまん》なお姫さまに期待されているのは、処刑直前の命乞《いのちご》いだけだよ」

お次は……終末時計くんか。コイツはモテミサと違って「聡明《そうめい》なオレ様が相談に乗ってやってもいい」って上から目線を崩さないな。二人で飲みに行こうと狙っている部分は共通なのに。

「貴方様《あなたさま》のような聡明で偉大なお方が、こんな凡人に情けをかけてくださり恐縮です。貴方様が、その天才的な頭脳を駆使し、毎日毎日ＳＮＳ上でわたしたち愚民へ正しい知恵や思考を授ける様子に大変感銘を受けております。きっと、愚かなわたしたちが小さく見えて仕方ないのでしょう、みるみるうちに貴方様の視点が上から、天空から、宇宙からと上昇していく様子は、自分たちの不甲斐《ふがい》なさを痛感してしまい情けなくて堪りません。そうやって、口だけ達者でなに一つ実績を成し遂げられないいまま、〝いつか大作家になるから〟という虚勢だけを抱えたまま、永久に相手と目を合わせられずにネット民へありがたいお言葉を授ける軍師として活躍なさってくださいね」

続いてバイト先のデブ。コイツには直球でいいか。

「おまえは、そのまま四十、五十になっていく」。ついでにバイト先には「資本主義死ね！」とだけ送った。どうせ代わりの傀儡《かいらい》なんて無限に湧くだろう。

ついでに、「俺の人生詰んだわ～」と呟いていたくせに、華麗に就活成功した木曽。

「おまえはそうやって、大学の愚痴も仕事の愚痴も書き続け、どこにでもいるモブの社会の歯車で終わる」。元はと言えば、こういう社会不適合者のフリして難なく人生のコマを進める、底辺にすらなれないモブキャラのアニメアイコンがいるから狂ったんだ。コイツらはわたしたちの気持ちを理解している素振りを見せるくせして、泥の中を歩くような真似《まね》をしない。安全圏から動かないまま、社会から脱落する本物のダメ人間を眺めて酒《さけ》の肴《さかな》にするカスだ。永久に舞台の真ん中に立てないままでいる、ただの無機質な歯車。

キョーヤ。彼だけは、形式的な心配のメッセージでなく、自身の新作ネームを送ってきた。無事なら感想を返してくれってことだろう。変なやつ。ネーム読んだけど、まだまだ荒削りで読みづらいし、テーマを詰め込みすぎて独りよがりな印象を受ける。でも、これからだ。彼の未来は、これからってだけなんだ。

「たぶんキョーヤくんは、いずれ賞を獲《と》ったり、編集から声をかけられたりする。始めは失敗することもあるかもだけど、この初期衝動を忘れないままでいれば、いつか理想へ辿り着く。その時、周りの人たちは妬《ねた》み、嫉《そね》み、攻撃してくるだろう。特に終末時計とかはね。負けないで。わたしは一足先に戦いに行くよ。いつかまた別の形で会えたら嬉しいな」

最後は、お母さん。

彼女にだけは通話にする。

プルル、プルル。数回ののち呼出音が途切れ、聞き慣れた中年女性の低い声が鼓膜を突く。

「もしもし、お母さん。うん。電話では久しぶりだね。かな、だよ。どうしても言いたいことがあって。ちゃんと聞いててね。わたし、ずーっとお母さんのこと軽蔑《けいべつ》していたの。ビックリした？　小学生の頃から。お母さんが男漁りに失敗してわたしに八つ当たりするたび、最低だなって思ってた。それでいて世間体は気にするから、偽りの家族愛を押し付けるとこなんて最悪だよね。わたしを褒める時も、叱る時も、マニュアル本に書いていないセリフを言ったことないよね？　お母さん、自分の意思なんてないもの。男として見られなくなったお父さんだけでは物足りなくて、寂しさを埋めるために本能で動くだけの動物。この前、島に行ったのも新しい彼氏とかとでしょ？　お父さんはなにも言ってなかったもん。気にするわけないよね。だってお父さん、もう上っ面だけの妻を一ミリも愛してないから」

　ガチャ。ツーツー。

　何か罵声《ばせい》のようなものが聴こえてきたけれど、面倒くさいから切った。すぐに掛け直してくるから着信拒否へ。返信すらも見たくないからＪＩＮＥのアカウントも消去。どうせだから、忌《い》まわしいスマホ自体も捨てちゃおう。あと、このボロアパートもいいや。親の名義だし、ここはわたしが張った巣じゃない。

　ゴミ箱にスマホとおもちゃのネックレスを投げ捨てる。

さようなら。

アナタたちは、その狭い箱庭で人間のフリを演じ続けていてください。

蜘蛛を一匹助けてあげたの。

大きくて黒くて、冷たい瞳の蜘蛛。

これはわたしの善行。間違いなくわたしは〝善い〟ことをした。

だから、お釈迦《しゃか》さまはわたしに一度だけチャンスを許してくださった。

極楽の蜘蛛が銀色の糸をかけ、わたしの頭上へ蜘蛛の糸を御下ろしなさいました。

わたしは、糸をつたって極楽へと登っていく。銀の糸をしっかりと掴み、上へ上へと登っていく。

ふと下を見おろすと、たくさんの猿がわたしの蜘蛛の糸へしがみついている。先に極楽へ辿り着きそうなわたしに対して、酷い罵詈雑言を投げつける猿まで。

この糸はわたしの善行の証なのに。なんて醜い。

わたしは、底へ向かって毒を吐き出した。毒を浴びた猿たちは慌てふためき、中には腕を離して地獄へ真《ま》っ逆《さか》さまの者もいる。

いい気味。死ねばいいんだ。

いっしょに地獄に居た時は、あんなに仲良しのフリしていたのに、わたしが糸を見つけた瞬間、すぐこれだ。

わたしが、わたしだけが必死なのに。誰よりも極楽へ辿り着く意思があるのに。

こいつらは、ただ痛くて熱い地獄に耐えられないだけだ。極楽での目的なんてありはしない。そもそも、糸をつたって極楽へ、釈迦と同じ場所に立とうなんぞ考えてもいない。

ただ、地獄に堕ちた者でわたしだけがチャンスを手にしたこと、極楽浄土へ、ここでない何処《どこ》かへ辿り着きそうなことへの嫉妬をぶつけているだけ。

糸の端の方にしがみついた猿たちは、もはや天へ登ろうという前提すら放棄し、ひたすら糸を引っ張り続けた。この糸さえ切れたら、誰も極楽へと抜け駆けできなくなる。

猿は、それが望みなんだ。

自分が善行を積んで助かるよりも、同じ地獄の仲間が救われてしまうことを憎み、足を引っ張ることで精一杯。

　そんな愚かな様子を、お釈迦さまはいったいどのような心境で眺めているのか。

　お釈迦さまが縁に立っている蓮池《はすいけ》の水面《みなも》には、地獄の様相を見物して器を試す釈迦の傲慢さも、糸にしがみついて争いだした罪人たちの醜さも、糸を垂らし続ける蜘蛛の心境も、その一切合切と関係なく、翡翠のような色をしたとても美しい蓮の花が咲き誇っていた。

　その蓮の花の美しさが、いちばん悔しい。


　小学校高学年の頃には、すでに容姿的にも性格的にもクラス内ヒエラルキーの上へ行けないことは理解していた。高みに居る人気者様たちの無自覚な強者の振る舞いに、わからされ続けていた。

　かと言って、特別イジメられていたり、避けられていたわけでもない。同程度の友人だっている。中の下、または下の上。が、下には下の戦い方があって、わたしは〝漫画やアニメに詳しいヤツ〟となった。漫画好きなお父さんの影響で本当に好きだったのもあるけど、そうした個性を手に入れることで教室内の立ち位置を確保するの。

　どうせ上の人たちの楽しみ、スポーツにも恋愛にも程遠い存在だし、みんなで歌ったり踊ったり同調するのも好きじゃない。次第に空想の物語へのめり込んでいくのは必然だった。

　漫画やアニメを追っているうちに、気づいたらＳＮＳを知った。ビックリした。

　ここで感想なり考察なりを書き込んでいるのは、みんな教室の端にいる人たち。そいつらが物語への理解度や知識の〝差異〟で競い合っている。なんて愚かなことなんだろう。

　ある日、彼らの真似をして、がんばって夜更かしをして深夜アニメとやらへ飛び込んだ。お母さんやお父さんにバレないようテレビを点《っ》ける行為にワクワクした。そこに映し出された映像にはもっとドキドキした。

教室でありがちな青春を送るだけでは、グラウンドでボールを奪い合ったり、男女で自転車に乗ったりするだけでは決して得られない、刺激的な耽美《たんび》やグロテスク。今まで知らなかった未知の興奮。みんな、これが好きなんだ。

気づけば、わたしはどんどん〝そういうもの〟が好きになった。黒くて赤くてエロティックでゴシックで、気持ち悪いのに美しくて、そんな歪なカルチャーを一身に浴び続けた。

もしかしたら、彼もそうなのかと思った。

気まぐれに、いつも教室の端っこでライトノベルを読んでいるぼっちの男子に話しかけてみた。「わたし、そのラノベのアニメに興味あるんだけど」って。彼はビクッとしたあとわたしの顔をじっと見て、人生で初めてなんじゃないかってくらいぱあっと明るい表情を見せた。

わたし、それがとっても嬉しかった。

あれから一年が過ぎた。

風の噂でそれぞれの近況は聞いている。

モテモテミサイルマンは、学生の身分に縋《すが》り、院へと進んだ。社会に飛び出る前に童貞を捨てたいとフォロワー女性へのアピールがより必死らしい。そのわりに異性叩きも同時に行うので、いつの間にか似た思考回路のミソジニー仲間だけでつるむようになった様子。意外に院内での態度がまともで、難しい資格も取ったとかなんとか。

留年モンキーは、大型バイクを納車して自慢し尽くした翌週、ツーリング中に事故って入院中。両腕を骨折したので、代わりにスマホを巧みに音声入力で操作できるようになったとのこと。ジャンク品のバイクを修理して高くオークションで売ったりしてわりと好調とも聞いた。このまま逞しく起業したりするかもしれない。

るり姫てゃんは、相変わらずコンカフェ嬢の立場にしがみついている。が、自撮りへの反応もみるみる減少し、明らかにお店とＳＮＳ上での立場が弱まってきている。眉唾物《まゆつばもの》な情報だが金持ちの恋人ができて、結婚秒読みだとか。彼女が二十五になるまでに本当に死んでしまうかは、神のみぞ知る。

終末時計くんは、どんな職種へ就職したかをひた隠しにしたまま、ネット上のさまざまな出来事へ言及し続けている。「なんで、こんな簡単なこともネット民はわからないかねぇ」といった態度を一切崩さず、時折noteに「なにか深い意味が書いてあるらしい長文」を投稿し、すでに作家目線でもろもろを評価してくるので真っ当に創作活動をし始めた周囲からは疎《うと》まれだした。一方で、なんにでも自信満々に言及するから、だんだんと信者も増えてきた様子。

キョーヤ、黒部恭弥はコミティアで頒布した短編漫画が編集の目に留まり、今は連載用にネームを組んでいる様子を投稿している。まだ少数であるものの一定のファンがつき、彼の初連載作品が雑誌に掲載される日を、いまかいまかと待《ま》ち侘《わ》びている。

超てんちゃんは、例の新曲もヒットしてさらに絶好調だ。その人気はまだまだ右肩上がり。去年の大炎上すら彼女の伝説の一ページにすぎない。「視聴者に噛《か》み付《つ》いた悪《あ》しきゲロ女」の悪評は、すぐに「インターネットの悪意すら乗り越えた本物の天使」として絶賛に変わった。風見鶏《かざみどり》な大衆は簡単に手のひらを返すし、周囲と意見を同調させる。彼ら彼女らは、なにが「善」かなんて考えたことすらないのだから、復帰した超てんちゃんが強くカッコいいモノと扱われたら、みんな一斉に持《も》て囃《はや》す。

蝶の少女は天使となって、さらに遠くの空へと昇っていく。

必ず、必ず彼女を捕まえる。

地毛をネットで纏め、その上へ青とピンクの毒々しい色をしたツートンのウィッグを装着。

強めのアイメイク。鋭い視線でオタクをイチコロ。唇《くちびる》には紫のリップ。衣装はもちろん、フリフリドレスな漆黒のゴシックロリィタ。黒の手袋も忘れずに。仕上げは頭に二本の触角を着け、紅いカラコンを嵌《は》めて完成。いまのわたしは、間違いなくかわいい！

七色の照明が妖しく光る薄暗い部屋で、押入れから取り出したカメラの前に立ったら配信開始。

瞬間、まるで蜘蛛《くも》の巣《す》に惹き寄せられる餌のように世界中からオタクが集まり、同時接続者数のカウントがみるみる増加。このタイミングは何度経験しても快感が迸る。承認欲求と自尊心が満たされ、脳みそから快楽物質が溢れ出す。

コメント欄は、わたしの登場を待ち侘びる期待の声で加速する。チャンネル登録者数は五十万。新進気鋭のオモシレー女に、ミーハーどもはすっかり夢中。

何千、何万。こんな数字では、あの子には届かない。けれど、わたしの糸はこいつらを摑んで離さない。

まだ。まだまだこれからだ。

大袈裟な動作ととびっきりの笑顔でカメラに愛嬌を振り撒き、一匹の蜘蛛は名乗る。

「この腐敗した社会を呑み込むポイズン、〝毒かわ二次元スパイダーちゃん〟、見参！
今夜もわたしの巣から逃《のが》してやらないぞ～」

お決まりの名乗りに反応し、コメント欄は熱狂の渦。今晩もオタクたちは若い女の配信にかぶりついて沸き出す。狂っている。狂っているけど、それでいい。自分を正常だと言い張る不遜《ふそん》な者を釈迦は救わない。進んで蜘蛛の巣に引っかかる人たちだ。みんな等しく病んでいて、壊れている。そして、もっとイカれたわたしの言葉に一喜一憂して正気を保つ。今ならぜんぶわかるよ。おまえらは寂しいだけだ。

――え～またスパちゃんのサブカル話が聞きたいの？　キミらも拗らせてんな～。そんなにサブカル女が大好きなんだな。そうだなあサブカルチャーってね、「孤独をわかってくれるモノ」だと思うんだ。だって、アニメも漫画も映画も音楽も、一人で部屋に閉じこもっているオタクにだって優しいでしょ？

社会のメインから弾《はじ》き出《だ》されたわたしたちの拠《よ》り所《どころ》であり、居場所。みーんな「わたしが一番わかっている」なんて顔をした、最悪の休憩所。この世の地獄。掃《は》き溜《だ》め。石の下。

いいよ。ここで、キミらの居場所でいつまでも休んでいきな。次第にスパちゃんの毒が廻って気持ちよくなるからさ。ほら、感覚が麻痺《まひ》してきたでしょ。そのまま、わたしの声に身を任せて、嫌なことぜーんぶ忘れちゃお。蜘蛛の脚はたくさんあるから、いーっぱい抱きしめて離さないからね。

それじゃあ、サブカル女が今夜も一曲歌わせてもらおうかな。

ふふっ。わたしの美声に包まれながら夢に堕ちるために、目は閉じていなね。

うーん、今回の曲はこれにしよう！　これ、子どもの頃から大好きな曲なの。

筋肉少女帯《きんにくしょうじょたい》で、『蜘蛛の糸』。

〝蜘蛛の糸が降りてきたら　ボクは誰よりも早く昇ろう
ボクの姿消えた時　みんな初めてボクに気付くのさ
蜘蛛の糸を昇って　いつの日にか見おろしてやる
蜘蛛の糸を昇って　いつの日にか燃やしてやる

最近どうもみんながボクを笑ってる気がする
大丈夫　大丈夫　大丈夫　大丈夫
大丈夫　大丈夫　大丈夫だよねぇ〟

もっと、わたしの、毒かわ二次元スパイダーちゃんの巣はもっと大きくなる。大丈夫。わたしはわたしで、サブカルチャーを、文化の理解者面した気持ちの悪い凡人たちの最後の拠り所を愛している。ＳＮＳで吠《ほ》えることしかできない木《こ》っ端《ぱ》には、他にも寄りかかる場所があるくせに安全圏から「好きなフリ」をしている雑魚には理解できない領域。

この瞬間は、カメラの前に座ってオタクたちから崇められている瞬間は、迷える信者たちの「偶像」だ。画面の前に張り付く不特定多数は、「わたし」を「わたし」として見てくれている。替えの利かない、唯一無二の存在。〝かな〟は、もはやそんな名前を誰も呼ばない元・平凡少女は、ネット上に張った巣を広げる蜘蛛、「わたし」に成った。

蜘蛛は惨めに地を這うことしかできない。その美しく蒼い翅をはためかせ、優雅に宙を舞う蝶を見上げることしかできない。

でも、巨大な巣が編める。蝶々が蜘蛛の巣にかかれば、後はぶすりと毒を刺すだけ。

じっと待っていればいい。ただ、その時が来るまで静かに隠れているだけでいい。いずれ蝶の方から勝手に捕まる。

そのために宝石のような色をした毒蜘蛛は誰より大きな巣をつくらねばならない。

わたしが水を飲むだけで、くしゃみをするだけで、コメント欄は「助かる」で埋まる。毒かわ二次元スパイダーちゃんの一挙手一投足がオタクの幸福。蜘蛛が刺した神経毒の刺激を永久に求め続ける哀れでかわいい餌たち。心配しなくていいよ、ちゃんとわたしの栄養にしてあげるから。みんなの血も骨も、わたしが糸を伝って極楽浄土まで運んでいくから。

この偽善だらけな世界に真実の毒を撒き散らす、わたしはインターネットのタランチュラだ。

KUMO

にゃるら

1994年生まれ。
沖縄県出身。
上京後に即大学を中退し、
主に家でアニメや漫画・インターネットを
繰り返すだけの人生をおくる
オタク。

蜘《く》蛛《も》

2024年2月13日 第1刷発行
著者 にゃるら
発行者 森田浩章
発行所 株式会社講談社
〒112-8001
東京都文京区音羽2丁目12-21
電話 編集 03-5395-3506
販売 03-5395-5817
業務 03-5395-3615
本文データ制作 講談社デジタル製作
印刷所 株式会社KPSプロダクツ
製本所 株式会社国宝社
本書は書き下ろしです

ISBN978-4-06-534832-1
N.D.C.913 222p 19cm
JASRAC 出 2400464-401